HEIDI RICE

Mon scandaleux secret

AZUR

HARLEQUIN

Collection : Azur

Titre original :
MY SHOCKING MONTE CARLO CONFESSION

HARPERCOLLINS FRANCE
83-85, boulevard Vincent-Auriol, 75646 PARIS CEDEX 13
Service Lectrices — Tél. : 01 45 82 47 47 - www.harlequin.fr
ISBN 978-2-2804-4727-0 — ISSN 0993-4448

Composé et édité par HarperCollins France. Achevé d'imprimer en décembre 2020.
par CPI Black Print - Barcelone - Espagne
Dépôt légal : janvier 2021.

FSC www.fsc.org MIXTE Papier issu de sources responsables FSC® C108412

Pour limiter l'empreinte environnementale de ses livres, HarperCollins France s'engage à n'utiliser que du papier fabriqué à partir de bois provenant de forêts gérées durablement et de manière responsable.

Prologue

Belle

Le soleil brûlant de la Côte d'Azur m'écrasait sans pour autant dissiper le froid qui me glaçait jusqu'aux os, depuis une semaine. Depuis que la voiture de Remy avait pris feu en percutant la glissière de sécurité de la piste d'essai, sur le circuit de Nice. Devant la tombe de Remy Galanti, mon meilleur ami, je revivais l'horrible scène dans un ralenti angoissant, mais les larmes logées dans ma gorge refusaient de couler.

J'étais incapable de pleurer. Mon corps et mon esprit étaient comme engourdis.

Tandis que le prêtre poursuivait son homélie en français sur un ton monocorde, je jetai un regard en direction d'Alexi, le frère aîné de Remy.

Vêtu d'un costume de lin sombre, Alexi semblait comme toujours terriblement seul. Il était pourtant entouré de nombreuses personnalités, dignitaires locaux et célébrités internationales venus présenter leurs condoléances. Les Galanti, bien connus dans le milieu de la course automobile, étaient aussi l'une des familles les plus en vue de Monaco. Rigide, la tête baissée, Alexi avait les cheveux en bataille comme s'il ne s'était pas peigné depuis le jour où nous avions assisté, impuissants, à la catastrophe.

Lui non plus ne pleurait pas, terrassé par la perte de cet être qui nous était si cher à tous les deux.

Remy était mon meilleur ami depuis mes dix ans, quand j'étais venue habiter chez eux avec ma mère, engagée comme gouvernante après que Mme Galanti avait abandonné mari et fils pour suivre un de ses amants.

J'avais l'impression qu'on avait arraché une partie de mon âme. Alexi, lui, avait perdu un frère, l'unique personne dont il se sentait proche depuis la désertion de leur mère. Il était aussi désespéré que moi, sinon davantage.

Pourtant, ses beaux yeux bleus reflétaient un curieux mélange d'impatience et de mépris. On aurait dit de la colère.

Oui, il avait l'air furieux.

Un frisson courut sur ma peau tandis que je me remémorais des événements récents, survenus précisément la veille de la mort de Remy. Ce soir-là, j'avais fait l'amour avec Alexi, croyant réaliser ainsi mon rêve le plus beau. Je me souvenais encore de son odeur, et de tant d'autres sensations merveilleuses… Enfin dévoilés, les mystères du sexe avaient cessé de m'effrayer. J'étais subjuguée et éblouie par cette expérience de l'intimité.

En même temps, j'avais subi une brutale humiliation. Depuis, Alexi ne m'adressait plus la parole. Chaque fois que j'essayais de le voir, il était occupé…

Une culpabilité oppressante m'envahit pendant la cérémonie des obsèques, quand je me laissai aller malgré moi au trouble qu'il m'inspirait depuis si longtemps.

Remy avait toujours été là pour moi, et j'aurais voulu tenir ce rôle réconfortant auprès d'Alexi. C'est ce qu'il aurait souhaité. Ses dernières paroles résonnèrent dans ma tête pendant que le prêtre achevait son éloge funèbre, bientôt emporté par la brise marine.

« Mon frère a besoin de toi, *bellissima*. Il est très seul. Il l'a toujours été. Promets-moi une chose, *bellissima*. Ne le laisse pas te repousser. S'il te rejette, insiste, d'accord ? »

Je me souvins de cette promesse que j'avais faite à Remy tandis qu'Alexi lançait une poignée de terre sur le cercueil. Il avait des mouvements raides, léthargiques, comme si un poids trop lourd pesait sur ses épaules. Et il avait l'air tellement seul…

Sans se soucier des gens qui défilaient devant la tombe et voulaient présenter leurs condoléances, Alexi se dirigea vers la file de limousines garées au bord de la route en corniche, en haut de la falaise.

J'adressai une prière silencieuse à Remy, avec un dernier regard, et quittai le cimetière pour suivre Alexi. Pour la première fois depuis la mort de Remy, la douleur qui me paralysait s'estompa un peu. L'urgence me poussait, et l'adrénaline renforça ma détermination.

J'appelai Alexi au moment où il arrivait au niveau de la première voiture.

— Alexi, attends, s'il te plaît !

Il s'immobilisa, puis se retourna, mais sa posture demeura rigide et son regard glacial.

— Que veux-tu, Belle ? lança-t-il avec une irritation qui me blessa.

Était-il en colère contre moi ? Était-ce la raison pour laquelle il m'évitait depuis la mort de Remy ? À peine cette idée se forma-t-elle dans mon esprit que je la rejetai. Alexi était furieux à cause de la mort absurde qui avait frappé son frère, et probablement aussi à cause de son père, arrivé ivre à l'enterrement. Un sort cruel l'avait dépossédé du seul membre de sa famille qui comptait pour lui.

Ce n'était pas le moment de céder à la paranoïa. Il ne s'agissait pas de moi ni de ce que nous avions fait. Je n'avais pas assez d'importance à ses yeux, quoi que Remy ait pu en penser avec son bel optimisme. Alexi n'avait pas de désir pour moi et me l'avait clairement signifié. Il voulait oublier ce qui s'était passé entre nous, une regrettable erreur selon lui.

Je pouvais tout de même lui conserver mon amitié et l'assurer de mon soutien. Nous avions tous deux besoin de réconfort dans ce chagrin qui nous atteignait autant l'un que l'autre.

— Ce n'est pas trop dur ?

— Si ! Comment peux-tu me demander une chose pareille ? Je ne me pardonnerai jamais d'avoir tué mon frère.

— *Que... Quoi ?*

La sécheresse de sa voix me transperçait. Que racontait-il ? Pourquoi se croyait-il responsable de la mort de Remy ?

— Tu as parfaitement entendu, poursuivit-il du même ton horriblement cassant.

— Tu n'es pour rien dans ce qui est arrivé. Il voulait être pilote, Alexi. C'était son rêve, sa passion ! Depuis toujours.

Je ne comprenais pas pourquoi il se sentait coupable.

Cela faisait deux ans qu'Alexi dirigeait l'équipe de Super League Galanti, depuis que son père, Gustavo, était devenu incapable de cacher son addiction à l'alcool. Cette saison, il avait donné sa chance à Remy pour devenir pilote d'essai et disputer sa première course. Ce n'était pas une raison pour s'attribuer la faute de son accident.

Alexi me lança un regard ahuri, puis un rictus amer étira ses lèvres.

— Ne joue pas l'ingénue avec moi. Cela ne marchera pas une deuxième fois.

Glacée par son cynisme, je me mis à bredouiller.

— Je ne... Je ne comprends pas.

Je n'avais pas saigné quand nous avions fait l'amour, même s'il était mon premier amant. J'avais senti une brûlure et une déchirure au moment où il me pénétrait, mais la douleur, fugitive, avait vite cédé la place au plaisir. Alexi n'avait sans doute pas cru à ma virginité. Je m'en étais d'abord félicitée parce que je ne voulais pas être traitée comme une adolescente immature. Malheureusement, il ne l'avait pas interprété ainsi.

— Ne fais pas semblant de rien. Remy a su ce qui s'était passé. Il en a plaisanté comme si cela ne l'atteignait pas, juste avant de prendre le volant. Mais il t'aimait depuis toujours. Je n'aurais jamais dû te toucher. Il a manqué de concentration à cause de moi. Sinon il n'aurait pas été distrait. Il aurait ralenti avant le virage fatidique.

Je commençai à y voir un peu plus clair.

— Mais je… Nous étions juste amis, pas amoureux.

Il me scruta avec mépris.

— C'est toi qui lui as raconté ? siffla-t-il. Alors que je t'avais demandé expressément de ne rien dire ?

— Oui.

J'aurais pu mentir et m'épargner la fureur froide d'Alexi. Mais je n'avais pas honte. Et cela avait fait tellement plaisir à Remy !

Alexi ne pouvait pas comprendre la nature de mes liens avec son frère parce qu'il ignorait son homosexualité.

Si seulement j'avais pu lui expliquer… J'avais la vérité sur le bout de la langue, mais il m'était absolument impossible de rien dire.

Je n'aurais réussi qu'à le blesser davantage. Il n'aurait pas supporté que Remy se soit confié à moi plutôt qu'à lui. Ce n'était pas non plus à moi de révéler le secret de Remy. Pourquoi ne s'était-il jamais épanché auprès de son frère ? Avais-je le droit de le trahir, juste pour échapper à la colère d'Alexi ?

— Pourquoi lui as-tu raconté ? demanda-t-il.

— Parce que…

Parce que Remy était gay, que nous étions amis. Parce

qu'il savait combien j'étais amoureuse de toi et qu'il avait très envie de nous voir ensemble.

Les mots restèrent coincés au fond de ma gorge.

— Ne réponds pas, reprit-il. Nous le savons très bien, toi et moi. Tu as imaginé que je valais plus que mon frère parce que je suis l'aîné.

J'étais tellement stupéfaite par ses accusations que je ne tentai même pas de me défendre.

— Tu n'es qu'une intrigante et une aventurière, prête à se prostituer au plus offrant. Je savais que je faisais une erreur en te touchant, mais sans me rendre compte à quel point.

Ses paroles me blessaient physiquement, comme de violents coups de poing.

Comment avais-je pu croire qu'il m'aimait et qu'il tenait à moi ?

— Va-t'en, je ne veux plus te voir à la villa, commanda-t-il d'une voix coupante. Disparais. Dès aujourd'hui.

— Mais…

Je n'arrivais même plus à proférer un son. Son calme olympien me dévastait autant que son regard impersonnel. La culpabilité, la colère, l'amertume et le cynisme, disparaissait derrière une froideur de marbre.

— Mes avocats te verseront un dédommagement. Je ne veux plus jamais avoir affaire à toi.

Je le rattrapai par le bras.

— Je t'en prie, Alexi, ne fais pas cela. Ne me rejette pas, suppliai-je. Je comprends que tu souffres, mais moi aussi j'ai mal. Nous aimions Remy, tous les deux. Ni toi ni moi ne sommes responsables de sa mort. C'était un accident tragique. Ensemble, nous aurons plus de force pour surmonter le deuil et le chagrin.

Son rire méprisant m'ébranla.

— Nous ne l'aimions pas. Nous l'avons tué. À présent, il nous faudra vivre avec cette trahison. Si je te vois à la villa à mon retour, je te ferai jeter dehors. Tu enverras ta nouvelle adresse à mon secrétaire particulier. Tu recevras une indemnité de départ.

Il se dégagea. Sous son regard qui me détaillait sans pitié, je frissonnai malgré moi, dans une réponse instinctive qui me fit honte.

— Ne t'inquiète pas, je me montrerai généreux. Ta prestation de vendredi dernier vaut bien quelques milliers d'euros.

Toute tremblante, je restai au bord de la route et regardai la limousine noire s'éloigner.

L'engourdissement revint, dévorant, comme un grand trou qui me rongeait de l'intérieur. J'avais tout perdu. La mort de Remy m'ôtait le courage d'affronter la perte de mes illusions. Le rêve qui me poussait vers Alexi depuis la puberté venait de se fracasser.

Il n'était pas celui que je croyais, l'homme que j'avais idolâtré de loin.

Il n'était pas non plus tel que Remy le voyait.

Alexi n'était pas simplement réservé, ou solitaire, ou juste sur ses gardes. Il était mort à l'intérieur.

Je hélai un taxi pour me ramener au domaine Galanti où j'avais passé la plus grande partie de mon enfance.

Je bouclai mes bagages en moins d'une heure, avec l'impression d'avoir brusquement vieilli de mille ans. Ensuite, j'attrapai le bus pour Nice. J'avais quelques économies, suffisamment pour quitter Monaco. Je n'avais pas l'intention de contacter l'avocat d'Alexi. Je ne voulais pas de son argent, pas plus que je ne voulais qu'il sache où j'étais partie.

Avec un calme qui me surprit moi-même, je décidai de retourner à Londres. J'avais là-bas une cousine qui accepterait certainement de m'héberger. Depuis la mort de ma mère, deux ans plus tôt, c'était la seule famille qui me restait.

J'avais besoin de m'éloigner d'Alexi et des souvenirs douloureux de Remy, mon meilleur ami, dont la disparition creusait dans ma vie un vide inconsolable. Je laisserais derrière moi les lambeaux d'un rêve brisé qui n'avait jamais eu aucune réalité.

J'avais aimé Alexi pendant si longtemps… J'en avais fait une idole que j'avais placée sur un piédestal. Et avec quelle passion, quelle excitation, j'étais tombée entre ses bras !

Mais je ne le connaissais pas vraiment. Il m'était resté étranger, même quand je m'accrochais à lui au plus fort de l'orgasme.

J'avais maintenant découvert sa vraie nature, cynique, amère, colérique.

— Je suis tellement désolée de ne pas avoir tenu ma promesse, Remy…, chuchotai-je dans le bus qui roulait sur la corniche en direction de Nice.

Les larmes que j'avais refoulées se mirent à couler sur mes joues dès que les lumières scintillantes de Monaco disparurent derrière les falaises.

Je les essuyai avec mon poing et réprimai mes sanglots en fixant les yeux sur la route, droit devant.

Une sorte de torpeur m'envahit, et je m'y abandonnai pour me protéger de l'angoisse qui menaçait de m'engloutir.

Cela me permettrait de reconstituer des forces.

J'en aurais besoin pour survivre à la mort de Remy et au rejet brutal d'Alexi. Pour trouver un chez-moi, un nouvel emploi et recommencer ma vie loin des Galanti.

1.

Cinq ans plus tard

Alexi

— Qui est-ce ? Et surtout combien coûte-t-il ? demandai-je à Freddie.

Je plissai les yeux derrière mes lunettes de soleil et abaissai ma visière. Pour ne pas me faire remarquer, je portais une casquette au logo de mon concurrent, Renzo Camaro. Freddie Graham, mécanicien free-lance et vieil ami à moi, avait repéré un jeune coureur talentueux au volant d'un prototype Camaro sur la piste d'essai de Barcelone.

Il y avait urgence. Le pilote de réserve de l'écurie Galanti, Carlo Poncelli, avait un cancer et devait entamer une chimiothérapie. On avait jusque-là gardé le secret, mais, dès que la nouvelle se répandrait, les prix s'envoleraient dans les agences et crèveraient le plafond. Je devais trouver quelqu'un très vite, si possible hors système, pour courir sous nos couleurs dans la Super League Formula.

— Parle moins fort, dit Graham en surveillant furtivement les allées et venues autour de nous. Si Camaro s'aperçoit que tu es ici pour débaucher ses employés, il me mettra sur liste noire.

La fin de sa phrase se perdit dans le vrombissement du nouveau modèle de Camaro. Quand la voiture atteignit les trois cents kilomètres-heure, les roues arrière vibrèrent, mais le pilote reprit le contrôle avec une efficacité extraordinaire. J'avais rarement observé une telle maîtrise.

Il faudrait vérifier quelques données et consulter la notice biographique de cet oiseau rare, mais je savais d'ores et déjà que c'était notre homme. Sur les circuits automobiles, j'étais presque aussi célèbre pour mon sixième sens que pour les jolies femmes qui m'accompagnaient, jamais les mêmes.

— Qui est-ce ? A-t-il déjà signé pour Camaro ? Pourquoi n'ai-je pas entendu parler de lui ?

Je bombardais Freddie de questions pendant que le prototype roulait vers les stands.

Si le pilote était déjà engagé, je le rachèterais, ce qui me coûterait très cher. Mais j'étais prêt à payer le prix fort.

Camaro serait fou de rage. Son équipe Destiny était depuis trois ans l'adversaire le plus dangereux de Galanti. Si Renzo se servait juste de ce petit jeune pour les essais, il ratait une belle occasion. En tout cas, il fallait agir sans tarder. La saison avait commencé depuis deux mois, et il faudrait former le nouveau très vite.

— Doucement, ne t'emballe pas, me dit Freddie avec son fort accent de Brooklyn. Si j'en crois la rumeur, cette femme n'a même pas son brevet de pilote. Elle travaille dans le secteur recherche et développement de Camaro. On raconte aussi qu'elle est la maîtresse de Renzo. Il l'aurait emmenée de Londres pour remplacer de son pilote de réserve qui a la grippe. Dès que je l'ai vue conduire, j'ai pensé à toi…

La voix de Freddie se perdit. Je ne l'écoutais plus. Mon esprit n'avait retenu qu'une information.

Il s'agissait d'*une femme. Dio !*

C'était complètement incroyable ! Une opportunité unique.

Il y avait quelques femmes dans les catégories inférieures et les listes de réserve. Tôt ou tard, elles perceraient. Mais on n'en avait encore jamais découvert aucune à ce niveau.

Malheureusement… Mon enthousiasme baissa d'un cran.

Je me tournai vers Freddie.

— C'est la maîtresse de Renzo ?

— C'est un bruit qui court, bien qu'elle soit plutôt garçon manqué, pas du tout le genre de Renzo.

Je fronçai les sourcils. Pour une fois, les ragots de Freddie m'intéressaient. Je voulais en savoir davantage sur cette fille avant de la contacter.

— Quelle que soit sa relation avec Renzo, je peux lui faire une meilleure offre, déclarai-je cyniquement.

Mon expérience m'avait appris qu'il était toujours possible d'acheter une femme. Avec de l'argent, des orgasmes… ou les deux. S'il fallait la séduire, je le ferais. J'avais rompu avec ma dernière maîtresse et n'avais aucun problème à mélanger les affaires et le plaisir. C'était même un avantage pour moi qui travaillais beaucoup et avais un emploi du temps surchargé.

— Doucement, Casanova, répliqua Freddie. Renzo n'est pas le seul hic. Apparemment, elle ne veut pas devenir pilote professionnelle. Cela ne l'intéresse pas.

— Pourquoi ?

J'étais choqué. Des qualités pareilles allaient forcément avec une passion pour le sport automobile. Et on pouvait gagner de l'or dans la compétition !

— Je l'ignore… Elle a sûrement ses raisons.

Malgré tout, rien n'entamait ma confiance en moi. Je ne doutais pas de venir à bout de ses résistances par un moyen ou par un autre. Je savais m'y prendre avec les femmes, comme avec mes rivaux.

J'avais du charme et un pouvoir de séduction que j'utilisais à mon avantage. Ma réputation de play-boy invétéré me servait aussi à cacher la cruauté qui m'habitait depuis la perte de Remy.

L'évocation de mon jeune frère assombrit mon humeur. Il était mort inutilement, à cause de sa trop grande naïveté et de cette fille que je n'avais jamais réussi à oublier…

Belle Simpson avait disparu après l'enterrement de Remy sans jamais donner de nouvelles, et son souvenir m'avait longtemps torturé. Son innocence et sa douceur n'étaient qu'une illusion à laquelle je m'étais sottement laissé prendre. Le fait qu'elle n'ait jamais réclamé son dû ne la disculpait pas. Elle avait peut-être eu des remords de conscience après l'accident qui avait coûté la vie à Remy…

Je coupai court à mes interrogations. Cela ne servait à rien d'avoir des regrets. On ne pouvait pas remonter le temps et changer le cours des événements. J'avais été stupidement séduit par cette ingénue qui me regardait comme un dieu… Ce soir-là, j'avais reçu une gifle monumentale de mon père et bu trop de tequilas. Je n'étais plus maître de moi et avais cédé à la folle attirance que Belle m'inspirait depuis trop longtemps.

J'avais honte de voir surgir son image chaque fois que je pensais à Remy. Ses beaux yeux émeraude remplis de larmes me hantaient.

Repoussant férocement la mémoire de cette nuit fatale, je dis au revoir à Freddie en lui promettant une belle récompense si je parvenais à enrôler une nouvelle recrue.

Je me dirigeai vers la salle des coureurs, derrière les hangars à voitures. Il faisait chaud à Barcelone en ce début de printemps, tout le monde avait besoin de se doucher et de se changer après quelques tours de piste. Avec ma casquette Camaro vissée sur la tête, personne ne fit attention à moi.

Renzo était en train de parler avec le chef mécanicien. Je croisai les doigts. Avec un peu de chance, je réussirais à mettre le grappin sur cette fille. Je lui ferais une offre tellement généreuse qu'elle ne la refuserait pas.

J'eus une poussée d'adrénaline. J'adorais ces moments d'excitation intense avant une action décisive.

Le salon d'attente était désert. Je remarquai une pancarte sur la porte d'une cabine individuelle : *Solo Mujeres*.

« Réservé aux femmes. »

Je m'assis avec un sourire satisfait sur un confortable canapé en cuir.

Tout était parfait. Il n'y avait personne pour m'empêcher de débaucher la maîtresse de Renzo et lui donner une formation de pilote. Peut-être davantage…

J'enlevai ma casquette et mes lunettes noires, et j'attendis.

Quand la douche s'arrêta de couler, j'entendis une voix douce chantonner une mélodie française.

Quelque chose me dérangeait. Pourquoi avais-je l'impression de reconnaître cet accent britannique ?

Je n'eus pas le temps de m'appesantir là-dessus. Une silhouette se profila sur le seuil, à contre-jour. Elle sursauta violemment à ma vue et étouffa un cri, probablement surprise par ma présence. Je me levai pour me présenter.

— Bonjour, mademoiselle…

Je m'interrompis en comprenant que je n'avais même pas demandé son nom à Freddie.

— Je suis Alexi Galanti, directeur de l'écurie du même nom. Nous avons besoin d'un pilote pour la saison. J'ignore combien Camaro vous paye, mais je suis prêt à vous offrir le double.

C'était un peu précipité de ma part. J'aurais pu au moins attendre de me renseigner et de consulter mon équipe juridique. Mais je me fiais à mon instinct infaillible.

Le soleil, derrière elle, m'empêchait de distinguer ses traits, mais son physique androgyne se découpait dans la lumière. Vêtue d'un jean et d'une chemise blanche sur un caraco, elle m'inspira tout de suite un désir viscéral.

Impressionné par la maîtrise dont elle venait de faire preuve au volant du prototype de Camaro, je n'étais plus certain de la vouloir dans ma voiture ou dans mon lit.

Les cheveux sur ma nuque se hérissèrent tandis que l'écho de sa voix mélodieuse résonnait à mes oreilles et qu'elle restait debout devant moi, sans rien dire. Mais elle respirait fort.

Quelque chose n'allait pas. Pourquoi gardait-elle le silence ? Elle semblait terriblement tendue, sur la défensive, comme si je l'insultais en lui proposant un contrat d'un million de dollars.

Puis son parfum fleuri flotta jusqu'à moi, réveillant le souvenir dérangeant et familier d'une certaine nuit, cinq ans plus tôt, que je n'étais jamais parvenu à oublier. Je la reconnus brusquement quand elle avança d'un pas et que son visage s'éclaira. Je la retrouvai telle que dans mes rêves et mes cauchemars, avec sa peau translucide parsemée de taches de rousseur, ses yeux émeraude et son opulente chevelure cuivrée. La douleur, la trahison et la nostalgie se mêlèrent au désir qui ne m'avait jamais quitté.

— Je ne veux rien de toi, Alexi, chuchota-t-elle d'une voix tourmentée. Pas davantage aujourd'hui qu'autrefois.

2.

Belle

J'avais proféré un mensonge éhonté… Autrefois, j'attendais tout d'Alexi Galanti. Je voulais tout de lui. Son corps, mais aussi son amour. Alors qu'il se tenait là devant moi, encore plus beau qu'avant dans son jean délavé et son T-shirt qui moulait son torse musclé, j'avais du mal à croire à la réalité de cette apparition. Mais j'avais depuis longtemps renié mes rêves d'adolescente qui reposaient sur une illusion.

La cruauté avec laquelle il m'avait bannie m'avait non seulement infligé une déception douloureuse, mais laissée seule et sans ressources à dix-neuf ans.

Deux mois plus tard, j'avais découvert que j'étais enceinte.

J'avais maintenant vingt-quatre ans, et un fils que j'adorais. J'avais survécu et surmonté mes épreuves. Il n'était pas question de m'attendrir sur mon passé.

Je réprimai le désir que j'éprouvais toujours à sa vue, même après tant de temps, et qu'aucun autre homme ne m'avait inspiré depuis.

Il fallait du cran pour s'opposer à quelqu'un d'aussi formidable. Le rouge aux joues, je constatai qu'il encaissait mal mon refus.

Tant mieux. J'étais contente. J'avais envie de le blesser. Qu'il souffre autant que j'avais souffert…

Un peu honteuse de ma méchanceté, je fus brusquement

rattrapée par un autre remords, infiniment plus cuisant et qui me tourmentait depuis cinq ans. Pour comble de malchance, ma cousine Jessie devait me rejoindre avec Cai, mon fils, cet après-midi…

J'avais pris des risques en venant à Barcelone pour tester le prototype que j'avais mis au point avec les ingénieurs de Camaro, dans le secteur recherche et développement où je travaillais. Mais Renzo, mon patron, avait tellement insisté que j'avais fini par accepter. Cela me permettait aussi de valoriser mes compétences d'experte énergétique. Et j'avais vérifié que l'équipe de Galanti ne serait pas là le même jour.

Cai, qui avait une passion pour les voitures, s'était réjoui de ce voyage. Mais je ne voulais surtout pas le mettre en présence de son père.

Je n'avais jamais contacté Alexi pour lui annoncer que j'étais enceinte. La découverte de ma grossesse, alors que je ne me remettais pas de la mort de Remy, m'avait anéantie. Dans une situation précaire après avoir perdu mon travail et quitté ma vie à Monaco, je n'avais ni la force ni le courage d'affronter Alexi. Ensuite, au fil des mois, j'avais trouvé toutes sortes de raisons pour excuser ma lâcheté.

Alexi avait clairement signifié qu'il me haïssait et me jugeait responsable de la mort de Remy. Après m'avoir jetée dehors en me traitant d'aventurière, il n'aurait probablement pas cru que l'enfant était de lui. Alors, à quoi bon ?

Pendant les années qui avaient suivi, je m'étais de moins en moins posé la question. Mon adorable petit garçon ne serait qu'à moi. Il ressemblait physiquement beaucoup à son père mais n'hériterait pas de son effroyable cynisme. En fait, j'avais plutôt l'impression de le protéger.

J'avais aussi lu des articles de presse sur les amours tumultueuses d'Alexi, qui défrayait la chronique mondaine. Je m'étais convaincue qu'un homme comme lui n'avait pas envie d'être père. Je lui faisais sans doute une faveur en me taisant. Un don Juan ne voulait pas d'attaches, ni s'embarrasser d'un enfant en bas âge.

Maintenant que se profilait la possibilité d'une rencontre entre Cai et lui, mes justifications commençaient à s'effondrer.

Assaillie par un curieux mélange de culpabilité et de désir, j'avais l'impression de sombrer dans un trou noir, exactement comme la dernière fois où je l'avais vu. Une panique effroyable s'empara de moi.

Je m'étais toujours dit qu'il me faudrait un jour informer Alexi de l'existence de son fils. Quand Cai serait plus grand et que j'occuperais un poste de premier plan chez Camaro…

Ce jour n'était pas venu. Je n'étais pas encore prête à affronter la réalité. Cai non plus. Je ne l'avais pas préparé. De toute manière, Alexi s'en moquait éperdument.

— Va-t'en, ordonnai-je avec fermeté, malgré la peur et le désir qui m'agitaient.

Cloué au sol par la stupéfaction, il n'avait encore rien dit, mais son expression choquée fut vite remplacée par le masque de cynisme qu'il affichait au cimetière lors de notre dernière entrevue. Malgré tout, son regard trahissait autre chose. Je reconnaissais dans ses yeux la flamme qui brillait la nuit où Cai avait été conçu.

Comment pouvions-nous avoir encore envie l'un de l'autre alors que nous nous détestions ? Une autre question se posait avec infiniment plus d'urgence. Il fallait à tout prix éviter le désastre qui se rapprochait inéluctablement à chaque seconde qui passait.

Calme-toi, Belle. Ne montre aucune faiblesse.

J'avais vingt minutes devant moi. Jessie et Cai arriveraient à 15 heures, ce qui me laissait suffisamment de temps pour congédier Alexi. Ce ne serait probablement pas très difficile. Ne m'avait-il pas proposé jadis quelques milliers de dollars pour ne plus me revoir ?

— Mon offre tient toujours, dit-il enfin.

— Je… Quoi ? Tu n'es pas sérieux !

— Si. J'ai besoin d'un pilote de réserve et c'est toi que je veux. Tu devrais être derrière un volant, pas dans un bureau ou un laboratoire de recherche. Une fois que tu auras signé, nous envisagerons un poste à plein temps, peut-être pour la saison prochaine. Tu ne regretteras pas d'avoir quitté Camaro…

Il accompagna son propos d'un regard plein de sous-entendus et je rougis malgré moi sous l'insulte. Manifestement, il croyait que Renzo était mon amant.

J'étais au courant des rumeurs. Renzo m'avait beaucoup aidée, non seulement en m'engageant tout de suite après l'obtention de mon master en bio-engineering, mais en se montrant particulièrement flexible pour mon emploi du temps. Il comprenait mes responsabilités de mère célibataire et était très gentil avec Cai, qui l'idolâtrait. Je me demandais parfois s'il ne nourrissait pas des espérances cachées à mon endroit… En tout cas, il n'avait pas franchi le pas et je ne l'avais pas encouragé.

— Je ne suis pas à vendre, déclarai-je platement, déterminée à ne pas m'offusquer de ses insinuations déplacées.

Cet homme qui avait failli me détruire n'allait pas me déstabiliser. Il m'avait fallu cinq ans pour me remettre et recouvrer ma confiance en moi. Grâce à Jessie, je m'étais concentrée sur ce qui en valait la peine. J'avais entamé des études tout en travaillant et contracté un prêt que je devais maintenant rembourser. Mais j'avais fini par réaliser mon rêve et prendre un nouveau départ.

J'avais certainement eu tort de ne pas annoncer à Alexi la naissance de Cai, mais je réparerais cette erreur le plus tôt possible. En attendant, je ne lui devais rien et n'avais pas besoin de lui pour réussir professionnellement.

— C'est dommage, dit Alexi avec cette voix grave qui me donnait la chair de poule. Quel que soit le prix que te paye Renzo, tu vaux plus. Avec les qualités dont tu as fait preuve tout à l'heure sur la piste, il est évident que tu devrais te lancer dans la compétition.

— Il n'en est pas question, répondis-je en m'efforçant de garder la tête froide.

Je n'avais pas le temps de discuter. Mais pourquoi Alexi m'affectait-il aussi violemment ? J'avais l'impression qu'il m'avait jeté un sort.

Tu es hors sujet, Belle.

— Pourquoi ? lança-t-il avec véhémence. Enfant, tu en rêvais.

J'étais surprise qu'il s'en souvienne. Il m'avait toujours ignorée. Jusqu'à la nuit fatale.

— J'ai changé, répliquai-je sèchement. Maintenant, pars avant que j'appelle le service de sécurité.

C'était une menace en l'air, nous le savions tous les deux. Aucun agent n'aurait osé mettre dehors Alexi Galanti qui régnait en maître absolu sur le monde de la course automobile.

Dédaignant ma remarque, il s'approcha. Je reconnus instantanément son parfum enivrant, un mélange épicé de musc et de citron vert. Les jambes molles, je résistai vaille que vaille pour ne pas trahir mon trouble.

— Explique-moi pourquoi tu as abandonné ton rêve d'enfant, *bella notte*. Ensuite, je m'en irai.

Il m'appelait par le prénom qu'il m'avait donné cette nuit-là, sans doute pour m'intimider un peu plus…

J'ouvris la bouche, puis la refermai. Comment invoquer autre chose que la vérité ?

J'ai un enfant, un fils que j'aime par-dessus tout. Je suis son unique famille et je ne peux pas risquer de le laisser seul au monde. J'ai dû m'ajuster à ma situation, trouver un moyen terme pour concilier ma passion pour le sport automobile et mes obligations familiales.

Je ne pouvais évidemment pas lui dire cela.

Je me creusais désespérément la cervelle quand tout à coup la porte s'ouvrit. Cai arrivait avec dix minutes d'avance… Pour la première fois de mon existence, je n'étais pas contente de le voir.

Mon temps s'était écoulé.

— Maman, maman, j'ai vu la voiture ! s'écria-t-il, tout excité, en accourant vers moi. M. Renzo m'a donné la permission de la toucher !

Il passa sans le voir devant Alexi qui recula en fronçant les sourcils.

— M. Renzo a dit que je monterais dedans si je suis sage.

Mon petit garçon m'enveloppa les jambes avec ses bras. Ses yeux candides, d'un bleu iridescent, étaient exactement de la même teinte que ceux de l'homme qui le regardait d'un air stupéfait, comme s'il avait affaire à un extraterrestre.

— Je peux, maman ? Je peux ? implora Cai sans se rendre compte de la tension qui régnait dans la pièce.

Je suivais presque les interrogations d'Alexi sur son visage pendant qu'il comparait les dates et l'âge de l'enfant. Un rayon de soleil illuminait les cheveux noirs de Cai et faisait ressortir les traits bien dessinés qu'il avait hérités des Galanti et qui s'étaient affirmés au cours de la dernière année. Sa ressemblance avec son père était frappante.

Alexi ne pouvait pas manquer de s'en apercevoir. Après l'incrédulité initiale, il pinça les lèvres d'un air choqué et accusateur.

— Maman ? insista Cai impatiemment.

J'ébouriffai ses cheveux en m'efforçant de ne pas

trembler. Il fallait l'éloigner d'Alexi le plus vite possible afin de lui épargner la confrontation imminente. Il n'était pour rien dans tout cela.

— Bien sûr, tu peux, Cai-baby, répondis-je.

Il éclata d'un rire innocent, communicatif, qui ne fit qu'accroître mon anxiété. Je devais avant tout le protéger contre les répercussions d'une révélation trop brutale.

— Je ne suis plus un bébé, maman ! protesta-t-il joyeusement.

Je m'agenouillai devant lui.

— C'est vrai. Mais as-tu été sage ?

Il hocha la tête furieusement.

— Oui, maman. Demande à tatie Jessie. J'ai fait la sieste sans ronchonner.

— C'est vrai, Jessie ?

Je me tournai vers ma cousine qui était entrée derrière lui et dont le regard allait de Cai à Alexi avec une curiosité manifeste.

Je n'avais jamais dit à Jessie qui était le père de Cai. Elle ne connaissait rien à la course automobile et ne pouvait pas savoir qu'Alexi était mon ancien employeur. Mais elle avait évidemment remarqué la ressemblance.

Jessie émit un petit rire nerveux en prenant la mesure de la situation.

— Disons qu'il n'a pas trop ronchonné ! Je l'emmène du côté des hangars ?

Merci, Jessie. Tu me sauves la vie. Encore une fois.

— Super.

Je me grattai la gorge. Ma gratitude envers Jessie n'avait plus de limites, depuis longtemps.

— Je vous rejoins dans une minute, ajoutai-je.

Cai sauta en l'air avec un cri de triomphe.

— Cool ! Tu prendras des photos pour Imram.

Imram était son meilleur ami à l'école maternelle.

En se retournant, il aperçut soudain Alexi.

— Bonjour ! lança-t-il avec la spontanéité d'un petit garçon de quatre ans. Tu es un ami de maman ?

La culpabilité que je refoulais depuis si longtemps me submergea. Avais-je commis un acte abominable en gardant Alexi à l'écart ?

— Oui, je suis un ami de ta maman, répondit Alexi au bout d'un long silence tendu.

Le regard qu'il me jeta alors, le même que devant la tombe de Remy, disait tout le contraire. Il était mon ennemi.

Heureusement, Cai ne remarqua rien et fonça vers la sortie.

— Prends ton temps, recommanda Jessie en me lançant un regard inquiet.

Je n'en menais pas large quand la porte se referma derrière eux. Comment allais-je me tirer de cette situation inextricable ?

Alexi rompit le silence le premier, avec des propos surprenants, qui me confondirent.

— La ressemblance de ton fils avec Remy est stupéfiante. Pourquoi ne m'as-tu pas dit que tu étais enceinte de lui, le jour où je t'ai jetée dehors ?

Je demeurai d'abord interdite. Puis, les accusations d'Alexi me revinrent en mémoire. Il était persuadé que j'avais menti, que Remy et moi étions plus que des amis… Des amants.

Devais-je le laisser dans l'erreur ? Dans ce cas, il ne ferait jamais valoir ses droits sur mon fils. *Notre* fils.

Le remords m'empêcha de poursuivre ce raisonnement. Il y avait trop de mensonges et d'omissions entre nous. Je devais dire la vérité à Alexi, aujourd'hui même.

— Il ne ressemble pas à Remy, Alexi. Je n'ai jamais couché avec ton frère. Tu as été mon premier amant…

Mon seul amant…, faillis-je ajouter. Mais il n'avait pas

besoin de le savoir. Cela me rendrait trop vulnérable. Ma vie sexuelle ne le regardait pas.

Devant son air cynique et soupçonneux, j'inspirai profondément avant de continuer.

— Cai n'est pas le fils de Remy… mais le tien, Alexi.

3.

Alexi

J'étais abasourdi par la révélation de Belle.

J'avais su que l'enfant était un Galanti dès qu'il était entré dans la pièce. Son visage arrondi, ouvert, surmonté d'une masse de boucles brunes, sa vivacité et sa gaieté m'avaient immédiatement fait penser à Remy au même âge, comme si je voyais son fantôme.

Le fantôme du frère que j'avais perdu et qui me manquait tant encore, la seule personne qui m'avait vraiment connu.

Après le choc de la surprise, une émotion sans nom, presque terrifiante et incontrôlable, m'avait assailli. Le chagrin et le remords qui m'habitaient depuis cinq ans se mêlaient à une joie étrange, celle de retrouver l'image vivante de Remy.

Aux dires de Belle, ce garçon n'était pas son fils, mais le mien. Je n'en croyais pas un mot. Ou plutôt je ne voulais pas la croire.

Comment cet enfant serait-il à moi ? Je ne serais jamais père. Je ne le méritais pas.

De toute façon, Belle mentait depuis le début. Je n'avais pas été son premier amant, ainsi qu'elle le prétendait. Remy et elle étaient inséparables depuis que sa mère travaillait chez nous comme gouvernante. Remy l'aimait profondément, je le savais. Et pourtant…

Le désir tapi au fond de moi se réveilla tandis que je

me remémorais l'extraordinaire connexion physique qui s'était établie entre nous. Je me rappelais la douceur de sa peau satinée, ses sanglots quand je la pénétrais et le plaisir fulgurant qui m'avait subjugué.

Je n'avais pas mis de préservatif. L'alcool et la scène avec mon père m'avaient embrouillé l'esprit. J'avais l'intention d'en reparler le lendemain, mais l'accident de Remy m'en avait empêché. Je ne me pardonnais pas de lui avoir volé son amour de jeunesse, juste pour tromper la solitude d'un soir…

Je scrutai l'expression de Belle et tentai de la déchiffrer tout en m'efforçant de réprimer mon émotion. En dépit de tout, mon désir était toujours là, bien vivace, implacable.

Était-ce vraiment important de savoir lequel de nous deux était le géniteur ? Puisque l'enfant était un Galanti, j'avais le devoir de le protéger, de lui donner le nom de notre famille et d'en faire mon héritier.

Pourquoi Belle m'avait-elle caché son existence ? M'en aurait-elle parlé un jour ?

Devant la culpabilité qui obscurcissait son regard, mon cynisme reprit le dessus. Pourquoi me poser tant de questions ? Belle ne m'avait pas dit la vérité parce qu'elle était foncièrement malhonnête. Elle l'avait toujours été. Dès le début, j'avais eu un doute. Elle aurait saigné, si elle avait été vierge. Je n'avais pas osé lui demander. J'avais trop honte.

Elle s'était offerte à moi avec une passion qui m'avait stupéfié. Ses spasmes m'avaient donné un orgasme inoubliable. J'en rêvais encore. Le souvenir du plaisir et de ses gémissements me réveillait parfois la nuit, éperdu et moite de transpiration.

Comment savoir si son comportement pouvait vraiment être celui d'une vraie jeune fille ? J'avais toujours refusé d'être un initiateur et n'avais aucun point de comparaison.

Comme à l'époque, je continuais à rejeter sa version pour m'en tenir à mon opinion personnelle.

— Tu n'es pas sérieuse ? dis-je enfin. Cesse de prétendre que tu n'as jamais couché avec Remy. Je n'y crois pas.

Elle cilla les paupières en se raidissant.

— Cai est ton fils. Que tu y croies ou pas n'y change rien.

Elle passa devant moi, mais je la rattrapai par le bras. Mon cœur battait si fort que je ne maîtrisais plus rien. J'avais besoin d'y voir clair.

— Il existe un moyen très simple de découvrir la vérité. Un test ADN.

Une fois les faits établis, je prendrais une décision.

Belle se dégagea. Visiblement, ma requête l'ennuyait. Un curieux mélange de satisfaction et de regret m'envahit. J'avais raison de me méfier. Je n'avais pas été le premier. Soit elle savait que l'enfant était de Remy, soit elle ignorait lequel de nous deux était le père.

Le souvenir de son visage bouleversé par la passion affleura à ma mémoire, mais je le rejetai. Elle jouait très bien la comédie…

Un instant, elle parut au bord des larmes, puis elle redressa fièrement le menton.

— D'accord, dit-elle sur un ton de défi.

Sa réponse me surprit. Elle choisissait de parier sur une éventualité qui me remplit de confusion.

Désirais-je secrètement être le père de cet enfant ? La paternité ne m'avait pourtant jamais attiré, et je refoulai énergiquement cette nostalgie absurde. Il fallait de toute manière attendre le résultat du test.

— Mais je compte sur ta discrétion, ajouta Belle. Je ne veux pas que mon fils soit au courant avant…

Elle croisa les mains, si fort qu'elle en avait les phalanges toutes blanches. Puis elle les décroisa et les fourra dans les poches arrière de son jean.

— Avant que j'aie eu le temps de le préparer, acheva-t-elle en s'obligeant à croiser mon regard.

Son caraco se tendit sur ses seins, et je me mordis la lèvre pour résister à la poussée d'endorphine. Belle me jetait malgré moi dans un trouble profond.

Ressaisis-toi, Galanti ! Ne te laisse pas manipuler par cette aventurière qui joue la comédie.

Elle paraissait encore si ingénue, avec ses jolies taches de rousseur et ses lèvres pulpeuses couleur framboise !

— Que feras-tu lorsque tu auras la preuve dont tu as besoin ? demanda-t-elle.

Sa franchise candide me dérangea, mais je me forçai à réagir.

Elle essaye juste de t'embobiner. Elle poursuit certainement un objectif bien précis. Démasque-la et tu sauras à quoi t'en tenir.

Si elle voulait m'extorquer de l'argent, cela n'avait pas de sens de m'avoir caché l'existence de l'enfant pendant cinq ans. Et pourquoi ne m'avait-elle pas réclamé son chèque de licenciement ?

Elle avait peut-être élaboré une stratégie plus subtile pour obtenir davantage. Quoi qu'il en soit, c'était à moi de fixer les règles, maintenant.

— Je ne sais pas encore, répondis-je.

Ne montre jamais ton jeu avant d'abattre tes cartes.

Telle était ma devise depuis longtemps. Cela m'avait valu de gagner des sommes considérables au casino de mon ami Dante Allegri, et je continuais à suivre ce principe dans ma vie privée et professionnelle.

— Je ne m'attendais pas à découvrir que j'avais un fils de quatre ans.

Moi ou Remy, ajoutai-je dans mon for intérieur, même si une curieuse nostalgie persistait en moi. J'analyserais plus tard cette émotion. Ce n'était pas le moment.

— Je te contacterai pour les démarches.

Quel que soit le résultat du test, j'étais résolu à donner le nom de Galanti à l'enfant. Je trouverais aussi le moyen de punir Belle parce qu'elle ne m'avait pas prévenu. Et je me renseignerais sur son compte. Je mènerais une enquête.

Couchait-elle avec Renzo ?

La question déclencha une douleur bizarre, viscérale. Je serrai les poings pour ne pas prendre son visage entre mes paumes et capturer ses lèvres. J'avais envie d'explorer sa bouche jusqu'à ce qu'elle m'implore de la posséder, comme la première fois…

Choqué par le cours de mes pensées, je résistai tant bien que mal.

Dio, je devais mettre un terme à mon abstinence inhabituelle. La frustration qui pesait sur ma libido menaçait mon équilibre émotionnel !

Belle hocha la tête.

— Je… Je comprends.

Non, tu n'as pas idée, mais tu ne perds rien pour attendre !

Elle paierait cher son comportement inadmissible.

— Je dois y aller, annonça-t-elle avec une politesse gênée. Pour le test, je crois qu'il faut juste un prélèvement de salive. Je m'arrangerai pour présenter cela à Cai comme un jeu.

Elle rejeta une mèche rousse en arrière, avec une nervosité évidente. La situation avait de quoi l'inquiéter…

— Je… Je te parlerai de Cai quand tu voudras, si tu le souhaites.

Elle ramassa son sac sur le canapé, fouilla à l'intérieur et me tendit une carte de visite.

— Voici mon numéro professionnel. Nous rentrons demain soir au Royaume-Uni. Tu peux me contacter en semaine, entre 9 heures et 17 heures. Si je suis absente, ma secrétaire me transmettra ton message.

Quand nos doigts s'effleurèrent, je parvins à maîtriser ma réaction, mais pas elle.

Son sursaut me donna envie de sourire, fugacement, car je lus l'adresse du siège social de Camaro sur sa carte. J'éprouvai un brusque instinct de possession, en même temps qu'une jalousie violente.

Puis, je rationalisai.

Quel que soit le rôle que je jouerais auprès de l'enfant, en bon Galanti, il viendrait vivre à Monaco. Avec sa mère.

J'offrirais à Belle un poste à sa mesure. Malgré sa révélation fracassante, la situation était inchangée. J'avais toujours besoin d'un pilote de réserve.

— Au revoir, Alexi, dit-elle. Je suis désolée… de ne pas t'avoir dévoilé plus tôt l'existence de Cai. Fais-moi signe quand tu seras prêt.

Elle paraissait sincère… L'émotion qui m'étreignit me troubla.

Il faut absolument te ressaisir.

Je me répétais cette phrase comme un mantra en me dirigeant vers ma voiture. Cet après-midi avait bouleversé mon existence, et je n'arrivais pas à démêler les sensations qui m'oppressaient.

Je démarrai en trombe et appuyai sur la pédale d'accélérateur comme pour fuir au plus vite. Mais je n'échappais pas à la culpabilité qui me rongeait depuis cinq ans. J'avais conscience d'avoir commis une faute irréparable envers cette femme dont le souvenir n'avait cessé de m'obséder. Je n'avais jamais réussi à l'oublier, en dépit de tous mes efforts.

4.

Belle

Chère mademoiselle Simpson

Les résultats du test effectué le 20 mai dernier par The Royal Harley Street Clinic sur l'ADN de votre fils, Cai Remy Simpson, et celui de M. Alexi Gustavo Galanti présentent une probabilité de paternité de 99,98 pour cent.

En conséquence, M. Galanti mettra son jet privé à votre disposition le 23 mai afin que vous assistiez à la réunion qui se tiendra avec lui dans sa villa de Monaco en présence de son équipe juridique et de moi-même. Il vous expliquera ce qu'il a décidé pour la suite.

Je joins les informations relatives à votre voyage et votre nuit à la villa Galanti.

Une voiture viendra vous chercher à 10 heures à votre domicile,

Salutations distinguées,

Etienne Severo, avocat

Je relus une énième fois le mail de l'avocat d'Alexi. Dans un état de panique indescriptible, je n'avais quasiment rien fait de la matinée. Je n'arrivais pas à fixer mon attention.

L'exigence et la sécheresse d'Alexi me confondaient. Il me convoquait sans me laisser le temps de m'organiser pour mon travail et la garde de Cai, qu'il ne mentionnait même pas. Le ton impersonnel de la lettre ne présageait rien de bon.

En même temps, son attitude impérieuse et dictatoriale ne me surprenait pas. Alexi avait raison de se méfier de moi, puisque je lui avais délibérément caché l'existence de son fils. Ces derniers jours, j'avais pourtant espéré qu'il me contacterait personnellement pour me poser des questions et apprendre à connaître le petit garçon de quatre ans qui se trouvait innocemment au cœur de la situation.

Je cherchais vainement des marques d'empathie. Aucune compassion ne perçait sous la froideur.

Une pointe de colère se mêla à ma peur. Je n'avais pas la moindre envie de me rendre à la villa Galanti où me guettaient tant de mauvais souvenirs. Alexi le savait et comptait probablement là-dessus pour me déstabiliser.

Je fermai rageusement l'application sur mon portable. Quelles que soient les intentions d'Alexi, je ne pouvais pas refuser une confrontation que j'avais évitée pendant si longtemps. J'avais espéré qu'il se montrerait raisonnable. Ce n'était clairement pas le cas, mais je devais à mon fils d'affronter les décisions de son père.

Pour ensuite aller de l'avant.

Alexi avait tout de même été très ému par sa rencontre inopinée avec Cai. Il n'avait pas pu le cacher et m'en voulait de ce qu'il considérait à juste titre comme une trahison.

J'appelai Jessie, qui décrocha à la première sonnerie.

— Bonjour, Belle !

Immédiatement, sa voix chaleureuse m'aida à relâcher la pression.

— Jess, je dois me rendre à Monaco après-demain, pour deux jours… Pourrais-tu garder Cai en mon absence ? Je m'y prends au dernier moment, mais…

— Ne sois pas bête, coupa Jessie. Tu sais bien que j'adore m'occuper de lui. À quelle heure as-tu besoin de moi ?

Qu'aurais-je fait sans ma cousine ? Elle me tirait encore une fois d'embarras.

Le bien-être de Cai m'importait plus que tout. Si le

projet d'Alexi allait à l'encontre de ses intérêts, je m'y opposerais. Je ne lui obéirais pas aveuglément.

Le comportement d'Alexi ne m'étonnait pas. Je l'avais toujours connu autoritaire et tyrannique. Après avoir hésité à me faire accompagner par un avocat, je renonçai à l'idée. Ce n'était pas la peine d'entrer en conflit ouvert. De toute façon, je ne signerais rien. Il n'avait pas le pouvoir de me contraindre. Je n'étais plus l'adolescente naïve d'autrefois.

J'irais à Monaco, j'écouterais poliment ce qu'il avait à dire et supporterais vaillamment son hostilité. Et, en revenant, je consulterais un avocat pour jeter les bases d'un accord parental.

L'anxiété recommença à me tourmenter.

Je gagnais très bien ma vie chez Camaro. Mais j'avais un prêt étudiant à rembourser, je n'avais pas fini de payer notre minuscule appartement dans l'ouest londonien et la garde de Cai me coûtait cher. Je n'aurais pas les moyens de m'offrir un cabinet juridique prestigieux…

Calme-toi.

Je ne savais même pas encore ce que me voulait Alexi. Il ne réclamerait pas une garde conjointe, peut-être juste un droit de visite occasionnel. Il ne devait pas être ravi d'avoir un fils. Je paniquais pour rien. Il voulait me faire peur, me punir de lui avoir caché la vérité…

— Pourquoi vas-tu à Monaco ? Pour ton travail ?

La voix posée de Jessie me ramena à l'instant présent.

— Oui, en quelque sorte…

Je mentais très mal.

— Cela n'a rien à voir avec Alexi Galanti ?

— Comment as-tu entendu parler de lui ?

— Je me suis renseignée en revenant de Barcelone. Il t'avait beaucoup perturbée.

Moi qui pensais avoir donné le change…

— Ah, tu avais remarqué ?

— Oui, Belle. J'ai aussi remarqué sa ressemblance avec Cai. C'est son père ?

Jusque-là, elle ne m'avait jamais posé de questions. Rétrospectivement, j'avais honte de ma lâcheté et de mon ingratitude. Jessie m'avait recueillie. Elle m'avait aidée à retomber sur mes pieds quand j'étais sans le sou et au fond de la détresse. Elle avait le droit de savoir.

— Oui, c'est son père, avouai-je.

— S'il a le sens de l'observation, il a compris en le voyant, évidemment.

— Il a tout de même insisté pour faire un test ADN.

Alexi ne faisait confiance à personne, et surtout pas aux femmes depuis que sa mère avait quitté le domicile familial en les abandonnant, lui et son frère, à leur père alcoolique.

— Son avocat m'a transmis le résultat ce matin. Il me convoque pour m'annoncer sa décision.

— Quelle arrogance ! Non ?

— Tu n'as pas idée, murmurai-je. Je suis morte de peur. Il est très en colère contre moi et risque de se servir de Cai pour se venger.

Alexi me prenait pour une aventurière, une fille facile qui avait trompé son frère et mentait pour se protéger. Une femme malhonnête, sans honneur ni morale, qui se servait des hommes d'une manière éhontée. J'aurais dû rester indifférente à son jugement, mais la piètre opinion qu'il avait de moi me blessait profondément. J'avais honte d'être aussi vulnérable. Seul Cai devait m'importer, à présent.

— Qu'est-ce qui te fait penser cela ? questionna Jessie.

Si elle s'était renseignée, elle savait qu'il était richissime et extrêmement puissant.

— Il veut me voir sans Cai et n'a même pas mentionné son nom. Je doute que la paternité l'intéresse.

— Ce n'est pas vraiment surprenant, observa Jessie avec un soupir de soulagement.

— Comment cela ?

— Un play-boy milliardaire qui collectionne les conquêtes féminines ne connaît rien aux enfants. Il est peut-être arrogant, mais pas stupide. Il veut te voir seule dans un premier temps pour savoir comment se comporter… et pas forcément te punir.

Je percevais une légère critique dans les propos de Jessie. Jusque-là, elle ne m'avait jamais rien demandé parce que j'avais clairement signifié mon refus d'évoquer le sujet. Maintenant, la question lui brûlait les lèvres.

Pourquoi avais-je caché à Alexi la naissance de son fils ?

— Belle, tu n'as pas peur pour d'autres raisons, au moins ? T'a-t-il fait du mal ? As-tu subi des violences ? T'es-tu enfuie à cause de cela ?

— Oh non ! protestai-je, horrifiée.

— Tu es sûre ?

— Oui. Ce n'est rien de tel, l'assurai-je, la gorge serrée, en me remémorant la fébrilité et l'excitation de notre rencontre.

Je comprenais seulement maintenant pourquoi j'avais si peur de me retrouver avec Alexi à la villa Galanti. Je ne redoutais pas uniquement son hostilité ou ses projets concernant la garde de Cai. Mon désir pour lui n'était pas mort, et je craignais qu'il resurgisse sans crier gare.

J'étais terrifiée à l'idée que l'ingénue sommeille encore au fond de moi avec ses aspirations folles et son insatiable besoin… d'amour.

Tandis que l'hélicoptère survolait la villa Galanti, des émotions intenses m'envahirent.

Rien n'aurait pu me préparer à la douleur qui me déchira quand je revis le parc, les jardins et la plage privée. Remy et moi avions tant couru dans les allées bordées de plates-bandes fleuries, tant joué à cache-cache derrière les statues de marbre, les fontaines et les folies ! L'immense manoir Belle Époque occupait le centre du domaine. La petite maison du gardien où j'avais habité avec ma mère se trouvait à l'arrière, et la piscine un peu plus loin.

Mon cœur se mit à battre la chamade quand d'autres souvenirs me submergèrent. Un frisson courut à l'intérieur de mes cuisses, et mes seins se durcirent dans une réaction incontrôlée.

J'aurais dû me douter que mon corps et mon inconscient me joueraient des tours. J'avais sous-estimé le pouvoir d'évocation de ce décor de rêve, avec les palmiers qui se courbaient sous le vent et les reflets du soleil sur l'eau cristalline…

Je me revis à dix-neuf ans, dans la robe de cocktail verte que j'avais revêtue à la hâte en apercevant Alexi au bord de la piscine. Je lui avais couru après…

Je repris mon souffle en passant devant le *pool house* et ralentis le pas. La moiteur de la nuit m'enveloppait. Creusée en haut de la falaise, la piscine paysage dominait la mer. L'éclairage donnait à l'eau une belle couleur turquoise et illuminait la silhouette qui se mouvait avec des gestes souples et puissants.

Je reculai pour me dissimuler et l'observer à loisir.

Mon cœur battait à tout rompre.

Alexi était-il nu ? Sa large carrure et ses bras bronzés me fascinaient. Une boule me nouait l'estomac, et le sang battait furieusement dans mon sexe gonflé.

Alexi atteignit le bout de la piscine et exécuta une culbute parfaite avant de revenir dans ma direction. Je distinguai son maillot de bain.

Il n'était pas nu. J'expirai longuement.

Mon répit fut de courte durée car il sortit de l'eau à quelques mètres de l'endroit où j'étais.

Je m'aplatis contre le mur en essayant de me rendre invisible tandis qu'il se penchait pour attraper une serviette. L'eau ruisselait sur son torse et ses cuisses musclées. Le clair de lune l'auréolait d'un halo d'argent.

J'aurais dû repartir, le laisser seul. Mais j'étais paralysée, prise au piège des sensations qui déferlaient sur moi. Il se frotta vigoureusement les cheveux, puis glissa les pouces dans l'élastique de son caleçon qu'il fit glisser le long de ses jambes.

Quand il se redressa, ce fut un miracle si je ne m'évanouis pas.

Alexi Galanti était encore plus beau que tout ce que j'avais imaginé.

Il se détachait tel Adonis sur l'arrière-plan des lumières de Monte-Carlo, de l'autre côté de la baie.

Non, pas Adonis. Poséidon.

Oui, cet homme était beau comme un dieu.

Il jeta la serviette par terre pour enfiler son jean. Je le voyais très distinctement.

Oh. Mon. Dieu.

Je réprimai un cri d'admiration.

Il se redressa et me transperça de son regard bleu. Aussitôt, je m'empourprai, mortifiée.

Il fronça les sourcils d'un air ennuyé, mais nullement embarrassé.

— Belle, que fais-tu ici ? Retourne te coucher.

L'humiliation menaçait de m'engloutir. Juste au moment où j'allais m'enfuir en marmonnant une vague excuse, une confidence de Remy me revint en mémoire.

Tu plais aussi beaucoup à Alexi. Il le cache mieux, c'est tout.

Je remarquai sa mâchoire crispée et la lueur étrange dans ses yeux au bleu incroyable.

Étais-je en train d'imaginer la réaction d'Alexi, après

mes années d'adolescence à fantasmer sur lui ? De toute façon, peu importait.

Si je voulais qu'il cesse de me traiter comme une enfant, il fallait que j'arrête de me comporter comme telle. Rassemblant tout le courage dont j'étais capable, je sortis de l'ombre pour me planter devant lui.

— Non, répondis-je avec une fermeté qui me surprit moi-même.

S'il me repoussait, si Remy se trompait, je ne m'en remettrais peut-être pas. Mais le jeu en valait la chandelle.

— Comment cela, non ? lança Alexi, décontenancé.

Tandis que je le contemplais, je remarquai en compatissant les cicatrices des mauvais traitements infligés par son père.

— Je veux rester ici, avec toi. Je ne suis plus une petite fille, Alexi.

Il cilla lentement les paupières et pinça les lèvres. Une tempête faisait rage à l'intérieur de moi-même. Mais l'excitation de la victoire succéda à l'embarras.

Pour la toute première fois, Alexi Galanti était sans voix devant moi. Aucune remarque narquoise ou désobligeante ne lui venait. Aucune plaisanterie non plus.

— Ah, tu es devenue une femme, c'est cela ? dit-il enfin, non sans nervosité.

Il me testait, espérant sans doute me repousser comme il l'avait fait tant de fois jusque-là.

Je compris alors pourquoi il me traitait toujours comme une enfant. Remy avait raison. Parce qu'il éprouvait du désir. Mais son esprit chevaleresque l'empêchait d'y céder. C'était ce même trait de caractère qui le poussait à protéger son frère de la colère paternelle en prenant tous les coups pour lui.

Cette révélation me remit du baume au cœur et m'aiguillonna. On ressentait sûrement la même chose en passant devant le drapeau à damier deux secondes avant les autres concurrents sur le circuit de Bahreïn, Melbourne ou Barcelone.

J'avais pris un énorme risque, mais j'étais récompensée.

— Oui, je suis une femme, affirmai-je d'une voix claire. Depuis quelque temps déjà, même si tu fais semblant de ne pas le voir.

Il enfila son pantalon devant moi sans rien dire, comme pour me provoquer.

J'aperçus alors une ecchymose sur sa joue.

— Il t'a frappé, dis-je en tendant la main.

Il agrippa mon poignet pour m'empêcher de le toucher. En sentant une odeur de tequila dans son haleine, j'éprouvai un élan d'empathie…

— Je n'ai pas besoin de ta pitié, lança-t-il sèchement.

Malgré tout, sa souffrance me déchirait le cœur.

Il me lâcha, et ses épaules se voûtèrent. Il avait l'air las, épuisé.

Je m'approchai et posai doucement les paumes sur ses joues. Il se raidit, mais sans plus se dérober.

Je plongeai le regard dans ses yeux bleus, pour une fois sans défense. La tristesse que je lus tout au fond me donnait envie de pleurer. Mais il y avait aussi du désir.

Inondée par l'amour que j'avais toujours ressenti pour lui – cet homme fier, entêté, follement chevaleresque —, je le laissai transparaître.

Il poussa une exclamation et couvrit mes mains avec les siennes, mais sans les retirer.

— Ne me regarde pas comme cela, *bella notte*.

Le surnom sonna comme un délicieux mot doux à mon oreille.

— Comment cela ? demandai-je effrontément.

— Avec ce désir insensé. Je serais capable d'y répondre sans me soucier des conséquences.

Débordant de joie et d'excitation, j'avouai enfin la vérité que je retenais depuis si longtemps.

— J'ai envie de toi, Alexi. Et je me moque éperdument des conséquences.

L'hélicoptère se posa sur l'aire d'atterrissage, m'obligeant à sortir de ma rêverie.

Arrête. Arrête de repenser à cette nuit fatale. Et à cet homme que tu croyais connaître.

Je frottai les mains sur mon visage, puis agrippai mon sac pour le serrer convulsivement contre moi.

Ce voyage s'annonçait suffisamment pénible pour que je n'aggrave pas la situation en revivant le passé douloureux. Je devais absolument contrôler mes souvenirs et le désir sous-jacent qui les accompagnait.

Un jeune homme apparut à l'arrière de la demeure et s'avança pour m'accueillir. Je pris plusieurs inspirations pour calmer ma nervosité, et il m'aida à descendre de la cabine.

— Mademoiselle Simpson, je suis Pierre Dupont, le secrétaire particulier de M. Galanti. J'espère que vous avez fait bon voyage ?

— Excellent, merci, répliquai-je distraitement.

Je secouai la tête pour m'éclaircir les idées

— M. Galanti vous attend avec ses avocats.

En entrant dans la maison, je fus frappée par l'odeur familière, un mélange de citron, d'encaustique et de fleurs fraîches. Elle me rappelait mon enfance, mais aussi ma mère et ses efforts pour réchauffer l'atmosphère de la vaste demeure, malgré l'angoisse qui régnait parfois entre ses murs.

Je tâchai d'ignorer l'émotion qui me serrait la gorge.

Ressaisis-toi, Belle.

Je m'étais suffisamment laissé aller. De toute manière, la villa n'avait plus rien à voir avec celle que j'avais connue. J'entrais en territoire ennemi. Alexi n'était plus mon amant – s'il l'avait jamais été – mais mon adversaire.

Au lieu de me conduire vers l'ancien bureau de Gustavo, où Alexi avait souvent été « corrigé » par son père dans son adolescence, Pierre Dupont m'emmena au premier étage. Nous pénétrâmes dans une aile de la demeure où personne n'avait l'autorisation d'entrer dans mon enfance.

Parce que c'était la suite où avait logé Amelie, la femme de Gustavo.

Pierre ouvrit la porte de son ancien boudoir, qu'on avait modernisé et transformé en bureau. Une silhouette de dos, imposante, attira immédiatement mon attention. Debout devant les portes-fenêtres qui donnaient sur la terrasse, Alexi portait un costume sombre à l'élégance raffinée. Il ne bougea pas, mais se raidit tandis qu'on me présentait aux quatre hommes assis devant son bureau.

L'un d'eux, un cinquantenaire distingué, se leva pour me serrer la main avec un sourire cordial.

— Etienne Severo, directeur de l'équipe juridique de M. Galanti.

Je continuai à fixer Alexi, qui finit par se retourner.

Je n'arrivai pas à distinguer son expression en contre-jour. Était-il amer ou en colère ? Ou simplement sur ses gardes comme moi ? Mon cœur battit très fort quand une bouffée de désir me suffoqua.

Il hocha brièvement la tête.

— Je ne pensais pas que tu aurais le cran de venir, dit-il avec mépris.

Je m'efforçai de ne pas me laisser désarçonner par son hostilité ouverte.

— Je veux essayer d'arranger les choses pour t'aider à nouer des relations avec ton fils.

Il haussa un sourcil sceptique et dédaigneux.

— Vraiment ? Comment comptes-tu t'y prendre ? Après m'avoir privé de sa petite enfance ?

Il m'attaquait sans me ménager.

Je pouvais me défendre en expliquant mon silence, ou simplement ignorer sa pique. Mais cette rencontre concernait d'abord Cai.

— Eh bien… En répondant à tes questions. C'est un enfant merveilleux, tu verras.

— Tu lui as parlé de moi ?

Je ne baissai pas les yeux.

— D'une manière très générale. Il ne m'a pas encore interrogée sur son père, mais il devient curieux. Il sera bientôt prêt à te rencontrer.

Cela faisait à peine une semaine que le hasard les avait mis en présence, et j'avais commencé à préparer Cai. Je voulais qu'il ait envie de connaître son père, mais je voulais aussi être sûre qu'Alexi ne reporte pas sa colère sur lui.

— *Quand ?*

Je tâchai de ne pas m'énerver et de rester courtoise.

— Je ne sais pas. Toi-même, qu'en penses-tu ?

— Et si je l'envoyais chercher demain en avion ? répliqua-t-il avec une rage mal contenue.

— Non !

— Non ? reprit-il en haussant la voix. Qu'est-ce qui te donne le droit de t'y opposer ?

— Je suis sa mère.

— Et moi son père. Même si tu as choisi de l'ignorer pendant cinq ans.

— Tu es un étranger pour lui…, objectai-je.

— À qui la faute ? cria-t-il furieusement.

— À moi, admis-je. En partie.

Car je n'étais pas la seule à blâmer. S'il ne m'avait pas jetée dehors aussi brutalement cinq ans plus tôt, détruisant ma confiance et mon estime de soi, je n'aurais pas eu aussi peur d'un rejet.

— *En partie ?* répéta-t-il avec une dureté glaçante.

Severo se gratta la gorge bruyamment avant d'intervenir.

— Nous pourrions peut-être nous asseoir et présenter votre proposition à Mlle Simpson, Alexi ?

Alexi le regarda d'un air ahuri, comme s'il avait oublié la présence d'autres personnes dans la pièce.

— Finalement, je souhaiterais d'abord m'entretenir en privé avec Mlle Simpson.

Tout le monde se leva pour partir, sauf Severo qui s'adressa à moi.

— Cela vous convient-il, mademoiselle Simpson ?

Je lui sus gré de me soutenir en tenant tête à son employeur, dont il percevait l'animosité à mon endroit.

Le rouge me monta aux joues quand Alexi me lança un regard de défi. Il pensait sans doute que j'allais battre en retraite.

J'en avais très envie.

Pour un certain nombre de raisons, il me semblait dangereux de rester seule avec lui. Mais je n'avais pas peur. Ni de lui ni de sa colère. Plus maintenant. Je n'étais plus la fragile ingénue qu'il avait si cruellement rejetée autrefois. Et il n'était plus l'homme écrasé de douleur après la mort de son frère, et déchiré par la culpabilité. Il était le père de mon enfant, et nous devions trouver ensemble une solution à la situation. Tant bien que mal.

— Oui, répondis-je. J'accepte de parler seul à seul avec M. Galanti.

Severo s'éclipsa avec les autres.

Alexi m'indiqua un grand fauteuil en cuir.

— Assieds-toi, me dit-il tout en s'installant derrière son bureau.

Éprouvait-il le besoin de mettre de la distance entre nous ? Le souvenir de notre folle nuit le tourmentait-il autant que moi ? Quoi qu'il en soit, les endorphines secrétées par mon corps me laissèrent un peu de répit.

Il appuya ses coudes sur la table en me scrutant intensément.

J'attendis qu'il parle le premier.

— Pourquoi ? demanda-t-il enfin. Pourquoi ne m'as-tu pas informé de l'existence de cet enfant ?

Je n'avais malheureusement pas de réponse claire et précise.

— Je suis désolée. J'aurais dû te contacter…

— Je ne veux pas de tes excuses, coupa-t-il. Je veux savoir pourquoi. Parce que tu n'étais pas sûre que je sois le père ?

Sa suspicion me fit aussi mal qu'un coup de poing. Pourquoi revenait-il au point de départ ?

— Je te l'ai déjà dit, tu étais mon premier amant.

— C'est ce que tu prétends. Mais ton comportement n'était pas vraiment celui d'une ingénue. Tu étais…

Son regard de braise, sur ma peau, réveilla les souvenirs de cette nuit-là.

— Tellement réactive, passionnée, poursuivit-il dans un grognement qui sonna comme une insulte. Combien de femmes ont un orgasme la première fois ? Mais tu as peut-être fait semblant, en bonne comédienne ?

Je bondis .

— Goujat ! Je n'ai pas joué la comédie. J'ai vraiment eu du plaisir. J'avais envie de toi depuis longtemps. Je voulais être initiée aux mystères de la sexualité, ajoutai-je pour ne pas trop me dévoiler.

En réalité, personne d'autre n'avait suscité ma curiosité. Et je n'avais pas été déçue. Je n'avais pas eu un orgasme, mais plusieurs. Mais je ne risquais pas de le lui avouer dans les circonstances présentes, quand il n'avait que des reproches à la bouche.

— Si j'étais réellement le premier, pourquoi ne me l'as-tu pas dit ? objecta-t-il.

J'avais envie de hurler.

— Tu ne sais rien de ce qui se passe dans la tête d'une jeune fille de dix-neuf ans. C'était la *dernière* chose que j'avais envie de te dire. Tu étais sophistiqué, beau comme un dieu, et tu avais six ans de plus que moi. J'étais follement amoureuse, du plus loin qu'il m'en souvienne. Je voulais que tu cesses de me traiter comme une petite fille et que tu me voies enfin comme une femme.

— Tu n'as pas saigné, insista-t-il.

La colère que je m'efforçais de contrôler se déchaîna.

— Et alors ? Je n'ai pas à te prouver ma virginité. Je me moque éperdument que tu me croies ou pas. Je t'explique juste pourquoi je savais que Cai était de toi.

Nous tournions en rond. Il n'était pas en mon pouvoir de briser le mur de cynisme derrière lequel il s'abritait. Pour lui, toutes les femmes étaient des dissimulatrices et des menteuses… Je ne le convaincrais pas du contraire.

— Et Remy ? demanda-t-il. Tu veux me faire croire que vous n'avez jamais couché ensemble ? Il t'aimait, et c'était réciproque.

— Nous étions amis. C'était platonique, entre nous.

Comment décrire le lien très fort qui nous unissait ? Nous étions comme frère et sœur, mais ne nous disputions jamais. Aucune rivalité ne nous opposait. Nous nous soutenions toujours mutuellement. Comme je regrettais que Remy ne soit plus là pour mettre un peu de plomb dans la cervelle d'Alexi !

— Ne me fais pas rire. Y a-t-il vraiment une frontière bien définie entre l'amour et l'amitié ? Je ne vois pas pourquoi Remy se serait abstenu de la franchir.

— À moins d'être gay.

— Quoi ?

Je me rassis, pleine de remords. Je n'avais pas du tout l'intention de révéler aussi froidement l'homosexualité de Remy, surtout après avoir respecté son secret pendant si longtemps. Mais l'attitude inquisitrice d'Alexi m'avait poussée à bout.

— Je suis désolée, admis-je à contrecœur en voyant à quel point cela affectait Alexi.

C'était d'autant plus dur que Remy ne s'était jamais confié à lui, alors qu'il se croyait très proche de son frère. Mais je ne pouvais plus perpétuer le mensonge.

— Remy était gay, répétai-je plus calmement, mais avec tristesse. Il a eu sa première relation à quatorze ans. Il n'a jamais eu de désir pour moi parce qu'il n'était pas attiré par les femmes.

Je me renfonçai dans mon fauteuil, subitement épuisée. Levée à 4 heures du matin, j'avais embrassé mon enfant endormi et j'étais partie dans un état de nervosité extrême. L'expression de profond regret que je lisais sur les traits d'Alexi m'achevait.

— Si c'est vrai, pourquoi ne m'a-t-il jamais rien dit ? chuchota-t-il. Avait-il peur que je le rejette ? Que je l'aime moins ? Je n'ai pas l'esprit étroit ni conventionnel…

Je ne voulais pas rouvrir une blessure douloureuse. Alexi se reprochait encore la mort de son frère, même s'il ne le montrait pas. Orgueilleux, il gardait jalousement ses faiblesses.

— Non, bien sûr, répondis-je. Remy savait combien tu l'aimais. Tu le protégeais de la violence de Gustavo en t'exposant à sa place.

Le regard d'Alexi se durcit. Je n'étais pas supposée m'aventurer non plus sur ce terrain. Il était pourtant grand temps de mettre un terme à tous ces secrets qui avaient justement empêché Remy de se confier à lui.

— Qu'est-ce que tu racontes ? protesta-t-il.

— *Nous* savions tout sur la violence de Gustavo et les mauvais traitements qu'il t'infligeait. Nous entendions ses cris et ses insultes, le soir, quand il croyait que nous dormions. Tu expliquais les bleus, les lèvres fendues et les yeux au beurre noir par de mauvaises chutes, mais nous n'étions pas idiots. Ton père était homophobe, et Remy en avait conscience. S'il avait vécu sa sexualité au grand jour, la rage de Gustavo serait retombée sur toi. Encore une fois. La nuit où…

Je m'interrompis, submergée par l'émotion du souvenir… et du désir.

— Je suis venue vers toi parce que j'avais surpris des éclats. Ton père t'avait encore frappé. Tu aurais pu lui rendre ses coups maintenant que tu étais devenu plus grand et plus fort que lui. Il t'avait humilié, tu étais en colère. Pourtant, tu ne t'étais pas révolté. Je voulais t'aider, te réconforter…

— Que dis-tu ? lança Alexi en faisant le tour de la table pour me rejoindre. Mon fils a été conçu parce que tu avais pitié de moi ? Tu as sacrifié ta virginité pour me consoler de la haine que mon père me portait ?

Je me levai en penchant légèrement la tête en arrière pour le regarder dans les yeux. Une tension vibrante émanait de lui. Les jambes tremblantes, je secouai la tête. Je n'avais jamais eu pitié de lui. Je l'avais aimé, simplement.

Guidée par mon instinct, j'effleurai sa joue. Je n'étais plus amoureuse. Je voyais maintenant toutes ses faiblesses, mais j'étais encore émue par le vaillant jeune homme qui protégeait son petit frère.

Il crispa les mâchoires et se dégagea brutalement.

Ma main retomba. Il avait la même expression impuissante et douloureuse qu'en cette nuit lointaine. Mais je n'avais plus envie de l'apaiser. Ce n'était pas en mon pouvoir.

— Ne me touche pas, Belle. Ou tu le regretteras encore une fois.

— Je ne regrette rien. Si je ne t'avais pas connu, je n'aurais pas eu Cai. J'ai aussi vécu grâce à toi des moments de passion inoubliables, les plus beaux de mon existence.

Les seuls…

Il jura violemment, avant de prendre mon visage entre ses paumes.

— Pourquoi me tentes-tu encore ?

— Je ne peux pas m'en empêcher, chuchotai-je sans savoir si la question s'adressait à lui ou à moi.

Il enfouit les doigts dans mes cheveux pour retirer les épingles de mon chignon.

— Dis-moi d'arrêter, dit-il d'une voix torturée.

— Je ne peux pas.

Je frissonnai, lui donnant ainsi la permission tacite qu'il demandait.

Un désir incoercible me submergea quand il m'embrassa au creux du cou. Il pressa son érection contre mon ventre, et j'agrippai sa chemise pour l'attirer plus près.

Il m'enlaça par la taille. Puis ses mains remontèrent sous mon chemisier, et le plaisir s'épanouit en moi tandis que mes seins se dressaient.

Enfin, sa bouche trouva la mienne, la pillant inexorablement, tour à tour tentatrice, conquérante, exigeante.

Je répondis sans réserve ni retenue. Cela faisait si longtemps que je n'avais ressenti une telle fièvre ! Mais, juste au moment où je m'offrais à lui, on frappa à la porte.

Nous sursautâmes violemment.

Alexi se frotta le menton en recouvrant ses esprits, tandis que je m'efforçai de calmer ma respiration. Dans un film, la scène aurait été comique. Dans la situation présente, je me sentais complètement ridicule.

Avais-je perdu la tête ? J'étais une femme adulte, et une mère. J'aurais dû être capable de résister, au lieu de m'enflammer dès qu'Alexi m'avait touchée.

Je ne devais plus m'égarer en confondant sexualité et sentiment. J'avais payé assez cher mon erreur passée. Alexi ne s'engagerait jamais. Il ne fallait pas que je me laisse happer dans un tourbillon émotionnel qui me rendrait malheureuse.

— Monsieur Galanti, vous avez un appel urgent de

Paris. M. Severo demande aussi si vous voulez reporter l'entretien avec Mlle Simpson à demain matin.

Je reconnus la voix de son secrétaire particulier. Le temps passait, les avocats s'impatientaient.

Probablement aussi choqué que moi par ce qui avait failli se produire, Alexi passa nerveusement les doigts dans ses cheveux.

— Je prends l'appel de Paris. Dites à Etienne que Mlle Simpson les rejoint dans un instant.

— Je veux repartir ce soir, murmurai-je dans un accès de panique.

Dormir ici cette nuit, dans cette villa où j'avais tant de souvenirs, m'effrayait. Je n'étais plus du tout certaine d'en réchapper.

Alexi m'attrapa par le poignet, et un frisson remonta le long de mon bras. Il le sentit probablement, mais cela m'était égal. J'avais dépassé le stade de l'humiliation.

— Non. Reste.

— Pourquoi ?

Une flamme dansa au fond de ses yeux. Puis il s'assombrit.

— Nous avons beaucoup de problèmes à régler... au sujet de notre fils. Pour commencer, je te dois quatre années de pension alimentaire.

Je me raidis.

— Je ne veux pas de ton argent.

— Je sais.

La tension qui me nouait l'estomac se relâcha un peu. Il avait au moins compris cela.

— Mais cela ne change rien. La vie n'a pas été facile pour toi, depuis ton départ de Monaco. Tu as des prêts à rembourser. Je veux ouvrir un compte en banque pour le petit et te verser les arriérés que je te dois.

Manifestement, il s'était renseigné sur ma situation financière. Mais je resterais ferme sur mes positions. Je ne voulais rien lui devoir car je tenais à mon indépendance. Néanmoins, je ne refusai pas frontalement sa proposition.

J'accepterais la suggestion qui concernait Cai. Mais nous devions discuter sérieusement. J'étais venue pour cela, pas pour me jeter dans ses bras. Alexi ne m'avait encore posé aucune question sur son enfant. Jessie avait raison. Il n'était pas prêt à jouer son rôle de père.

— Ton fils a un nom, dis-je tranquillement.

Il fronça les sourcils.

— C'est vrai, je ne sais rien de Cai…

La façon appuyée avec laquelle il se força à prononcer son prénom me donna envie de pleurer. Même s'il avait quitté son ton accusateur, j'entendais encore ses reproches.

— Reste, nous parlerons de lui, continua-t-il. Pour rattraper le temps perdu. La situation est tellement inattendue pour moi… J'aurai besoin de conseils. Je ne sais pas si je m'en sortirai…

Il fourra les mains dans ses poches, et j'eus l'impression étrange qu'il luttait contre l'envie de me toucher. C'était à la fois troublant et réconfortant. Au moins, je n'étais pas la seule à me débattre.

Derrière lui, je voyais le parc, la piscine et, plus loin, la plage. Même si c'était très dur, il était temps que j'affronte le passé, pour nous préparer, mon fils et moi, à envisager l'avenir. Un avenir où Alexi Galanti aurait une place. Il me faudrait apprendre à contrôler les réactions de mon corps…

Je me retournai vers lui.

— D'accord, je reste.

— Parfait. Mon équipe t'attend à côté.

— Tu ne viens pas ? demandai-je sur un ton qui trahissait ma déception.

Que m'arrivait-il ? Je regrettais qu'il ne soit pas avec nous alors qu'il serait infiniment plus facile de discuter sans lui.

— Je délègue mon autorité à Etienne. Si quelque chose te déplaît, nous en parlerons demain.

— Très bien.

Juste au moment où je me ressaisissais, il tendit la main pour repousser une mèche derrière mon oreille. Je tressaillis malgré moi.

— À demain, *bella notte*, murmura-t-il. Fais de beaux rêves.

Le trouble qu'il déclenchait en moi n'augurait rien de bon. J'aurais du mal à garder mes distances… Même si j'avais beaucoup mûri au cours des cinq dernières années, j'étais loin d'être immunisée contre le charme dévastateur d'Alexi Galanti.

Et maintenant il le savait.

5.

Alexi

Accoudé à la balustrade du balcon, dans ma chambre, je songeais à Belle que j'avais logée dans la maison du gardien. Après la passion qui avait fondu sur nous sans crier gare, je préférais la tenir éloignée de moi.

Mais j'avais sous les yeux le décor où nous nous étions aimés et où notre fils avait été conçu. J'avais beaucoup de mal à me dominer.

Quelle sottise, de m'être cru immunisé ! Quel orgueil aussi… En l'invitant dans cette demeure où je ne venais plus que rarement depuis la mort de mon frère, j'espérais l'affaiblir et garder le dessus. Je m'étais bercé d'illusions.

Certes, je l'avais déstabilisée. Mais je l'étais aussi.

J'étais encore plus perturbé que la semaine précédente, quand je l'avais revue et découvert que j'avais un fils. Quatre heures après le baiser torride que nous avions échangé, le désir continuait à me consumer.

Quelque chose d'incontrôlable, que je ne voulais pas nommer, avait explosé en moi. La vue de cette terrasse, au bord de la piscine, m'empêchait de recouvrer mes esprits.

Je bus une gorgée d'un cognac millésimé que je conservais normalement pour des occasions exceptionnelles. L'alcool me brûla la gorge. J'avais la peau moite, et mon cœur battait avec un rythme saccadé.

Les résultats du test ADN m'avaient inspiré des sentiments mélangés. Après le choc et la colère d'être resté si longtemps dans l'ignorance de ma paternité, une joie étrange avait suivi, aussi inexplicable que ma réaction incendiaire à la présence de Belle.

Je n'avais pas la fibre paternelle. J'étais bien davantage préoccupé par ce que j'avais appris sur la virginité de Belle et sur Remy.

En fait, j'avais toujours su que mon frère était homosexuel. Depuis la révélation de Belle, je passais en revue tous les indices que j'avais résolument ignorés. Mes conversations avec Remy, les questions qu'il éludait, les plaisanteries qu'il accueillait avec un rire forcé… Jusqu'à ses dernières confidences, quand il s'était réjoui de ce qui était arrivé entre moi et sa meilleure amie. Persuadé qu'il dissimulait un chagrin secret, je n'en avais pas cru un mot…

Je niais l'évidence.

La terrible culpabilité qui m'avait déchiré à sa mort venait sans doute de là. J'avais reporté le blâme sur Belle alors que c'était moi qui avais trahi Remy. Pas en couchant avec elle, mais en refusant de voir qui il était. Cela m'évitait d'avoir à le défendre contre les préjugés de notre père.

Je m'étais comporté avec une lâcheté impardonnable.

Tandis que je fixais l'eau claire de la piscine illuminée, il me sembla entendre la voix de Remy, joyeuse, optimiste, qui m'adjurait d'oublier mes remords.

Belle avait raison. À quoi bon se tourmenter inutilement à cause du passé ? Je ne pourrais jamais revenir en arrière pour réparer mes erreurs.

Nous savions.

Un nœud me contracta l'estomac. Je vidai mon verre.

Quelle humiliation ! Je m'étais leurré en imaginant que je protégeais mon frère. Je ne pouvais pas reprocher à Belle d'avoir gardé le silence sur l'homosexualité, de Remy. Elle cherchait aussi à me préserver.

Je tendis la main vers la bouteille.

Non, Alexi.

L'alcool n'était pas la solution, je le savais mieux que n'importe qui.

Je tournai de nouveau mes regards vers la piscine. Cette nuit-là, j'avais nagé furieusement pour passer ma colère contre mon père. Il se réfugiait dans la boisson depuis le départ de ma mère et déchaînait sa violence contre moi…

Ce soir aussi, je décidai de me baigner au lieu de rester dans ma chambre à remuer des idées noires. Cela m'aiderait peut-être à calmer le désir qui me taraudait depuis que Belle m'était apparue dans l'ancien boudoir de ma mère.

Je l'avais convoquée afin de régler définitivement les problèmes en suspens. Je comptais surtout la dédommager financièrement. J'espérais de cette manière me décharger de mes responsabilités. Mais, dès avant son arrivée, je savais que rien ne serait aussi simple.

J'avais lu attentivement le compte rendu du détective privé qu'Etienne avait engagé sur mes ordres. Belle avait vécu des années très difficiles, après avoir été chassée de la villa. Je m'étais débarrassé d'elle en feignant de croire que j'oublierais vite un égarement passager. Je m'étais lourdement trompé.

Dès qu'elle avait touché mon visage, j'avais compris que je me mentais à moi-même. Depuis longtemps. Mon corps avait réagi avec une intensité qui m'obligeait à ouvrir les yeux.

Le désir, entre nous, était aussi fort, sinon plus, que cinq ans plus tôt. Maintenant que j'en avais conscience, il me fallait décider de la suite.

Etienne m'avait transmis la réponse de Belle, qui refusait toute compensation financière. J'étais néanmoins résolu à assurer matériellement l'avenir de mon fils.

Je descendis d'un pas ferme au rez-de-chaussée et sortis. L'air de mai embaumait du parfum des jasmins et des roses. Dès que je traversai le *terrazzo*, les souvenirs recommencèrent à m'aveugler. Nerveux et tendu, je ne cherchai plus à les endiguer mais les laissai affleurer librement.

J'ai envie de toi, Alexi. Et je me moque éperdument des conséquences.

Je tâchai de comprendre.

Qui avais-je en face de moi ? Certainement plus le garçon manqué qui courait dans les bois et faisait les quatre cents coups avec mon frère, les tresses au vent.

Je ne pouvais plus me voiler la face. Belle portait la même robe en taffetas vert qu'à la garden-party traditionnelle des Galanti, qui avait eu lieu un peu plus tôt dans le mois. Je ne l'avais pas tout de suite reconnue... Ensuite je l'avais soigneusement évitée. Je pressentais déjà des problèmes. Elle n'était plus une enfant et était devenue une très belle femme.

Cette nuit-là, je la trouvais éblouissante, une vraie déesse, sauvage, indomptée. Sa somptueuse chevelure rousse, illuminée par le clair de lune, formait un halo de feu autour de son visage et de son décolleté. Ses yeux en amande brillaient comme des émeraudes. Nu-pieds, hardie et téméraire, elle ressemblait à une naïade de la Grèce antique.

Transpercé par l'aiguillon du désir, j'oubliai la gifle retentissante que mon père m'avait assénée à la fin de notre discussion orageuse.

Belle avait toujours eu le pouvoir de m'apaiser. Elle me réconfortait chaque fois que j'étais en proie au complexe d'infériorité qui me poursuivait depuis ma tendre enfance. Cette nuit-là pourtant, c'était autre chose. Elle m'embrasait.

Qu'y avait-il de mal à la convoiter pour moi seul, juste pour une fois ?

Cela me réconcilierait avec le monde et combler peut-être le vide affreux laissé dans mon âme par l'abandon de ma mère, et que la violence de mon père exacerbait.

Je ne voulais pas songer aux conséquences. Je voulais juste vivre l'instant présent, sans me soucier ni du passé ni de l'avenir.

Comme mues par une volonté propre, mes paumes caressèrent l'étoffe soyeuse, sur sa taille.

Je sentis son haleine tandis qu'elle m'enlaçait et se lovait contre moi.

Je goûtai avec délices et pour la première fois le nectar de sa bouche, sucré et épicé en même temps, rafraîchissant et addictif. Je m'exhortai à la prudence. Je devais faire preuve de délicatesse avec une toute jeune fille sans expérience. Mais, quand elle s'agrippa à mes cheveux et se mit à m'embrasser fougueusement, j'oubliai ma réserve.

La même ardeur nous habitait. Quand je la pressai contre mon sexe érigé, elle ne marqua aucune timidité et je m'en réjouis. Ses baisers et ses caresses me rendaient fou. Une vierge innocente ne m'aurait pas excité ainsi.

Mes dernières inhibitions tombèrent, et je la portai jusqu'à une chaise longue. Les yeux éperdus, la poitrine palpitante, elle me tendit les bras. Non, je n'avais pas affaire à une ingénue, mais à une séductrice qui assumait pleinement sa sexualité.

Je me refrénai pour ne pas déchirer sa robe.

— J'ai tellement envie de toi ! avouai-je.

Un sourire éclatant transfigura ses traits.

— Moi aussi, souffla-t-elle.

Je m'allongeai à côté d'elle en m'efforçant de ne rien précipiter. Il fallait savourer cet instant avec lenteur, car il ne se reproduirait pas. Je ne pouvais rien offrir à Belle. Il n'y aurait pas de lendemain.

Je caressai avec mon pouce la pointe de ses seins dressés sous l'étoffe. Elle frissonna violemment.

— *Dio*, quand t'es-tu transformée en cette belle jeune femme ? m'exclamai-je, encore tout étourdi par la métamorphose dont je prenais conscience.

Dès que je l'avais vue arriver au bal de l'été au bras de Remy, j'avais eu envie de planter là ma cavalière pour me jeter à ses pieds.

Depuis, Remy n'arrêtait pas de me taquiner.

— Cela fait quelques années, murmura-t-elle.

— Et Remy ? hasardai-je.

Naturellement, j'avais des scrupules. Mais, s'il était attaché à elle, pourquoi ne lui tenait-il pas compagnie au lieu de sortir à Nice avec son groupe d'amis ?

Elle cilla les paupières et sembla hésiter.

— Je n'appartiens à personne. Je suis adulte et libre de mes choix.

Le sang martelait mes tempes. Je cessai de penser de façon cohérente et enroulai une mèche cuivrée autour de mon poignet pour attirer sa bouche vers la mienne. J'avais toujours protégé Remy, tant de la négligence de notre mère que de la colère paternelle. À présent, je ne me souciais plus de lui. Après tout, il n'avait jamais clairement affiché la nature de sa relation avec Belle et plaisantait constamment sur le sujet.

Quand je l'embrassai, Belle arqua les reins en s'offrant à mes caresses. Je glissai les mains dans son décolleté pour prendre ses seins dans mes paumes.

Dio ! Elle ne portait pas de soutien-gorge.

Tous les fantasmes qui m'agitaient depuis la garden-party se déchaînèrent. Je ne possédais plus une once de raison.

Je tressaillis lorsqu'elle toucha mon membre et remontai doucement le long de sa cuisse. Ses gémissements rauques enflammaient ma libido.

Je pressai la main sur sa vulve, puis glissai un doigt sous la dentelle pour suivre le dessin de ses lèvres gonflées.

— Assieds-toi, ordonnai-je brusquement.

J'attrapai le bas de sa robe et la lui ôtai fébrilement, puis la jetai par terre avant de la débarrasser de son string.

Sa nudité resplendissait au clair de lune. Je capturai un sein entre mes lèvres tout en explorant les replis de son sexe. Très vite, elle étouffa un sanglot.

— Jouis pour moi, *bella notte*.

Elle obéit instantanément, comme si elle n'attendait que ma permission. L'écho de son cri se perdit dans la nuit, emporté par la brise marine. Une extase sans nom me saisit. Je n'étais plus une ombre, un moins que rien, ainsi que le proclamait mon père. J'étais quelqu'un, un homme. Pour Belle, en tout cas.

Ses yeux d'émeraude plongèrent dans les miens. Pris d'une exaltation incontrôlable, j'ôtai mon pantalon et me positionnai au-dessus de ses hanches. Je ne pouvais plus attendre. Je n'avais pas de préservatif. Jamais je n'avais eu de rapport non protégé, mais je me promis de me retirer à temps.

Elle enveloppa mon sexe entre ses doigts, avec le pouce tout en haut, et je réprimai une exclamation de plaisir. Je m'obligeai pourtant à contrôler ma hâte.

— Tu es sûre ?

— Oui, répondit-elle sans hésiter.

Je ne vainquis pas tout de suite la résistance que je rencontrai, mais elle ne me repoussa pas, s'arc-boutant à ma rencontre, nouant les jambes autour de ma taille. Ses ongles s'enfoncèrent dans la chair de mes épaules quand je la pénétrai enfin.

Nos respirations haletantes résonnaient dans le calme nocturne. Je me sentais tout à la fois conquis et conquérant, tout-puissant. Je n'avais jamais éprouvé un tel bien-être.

— Tout va bien ? demandai-je. J'ai l'impression de t'avoir fait un peu mal.

— C'est merveilleux, soupira-t-elle tandis que je bougeais en elle.

Elle s'abandonna, et une euphorie délicieuse remonta le long de ma colonne vertébrale.

Je voulais faire durer ce moment aussi longtemps que possible, le rendre inoubliable, autant pour elle que pour moi. Je luttai de toutes mes forces pour retarder l'orgasme qui montait, changeant de rythme lorsque la perte de contrôle menaçait. Mais chaque soupir, chaque sanglot, me rapprochait de l'issue inéluctable.

Quand elle parvint au paroxysme, je sombrai à mon tour dans l'extase et m'effondrai sur elle.

Ma respiration se calmait à peine quand j'eus conscience d'avoir commis une terrible sottise. Le franc visage de Remy flotta devant mes yeux, et un dégoût irrépressible m'envahit. Je me retirai et m'écartai, puis me rhabillai et lui tendis sa robe.

— Quelque chose ne va pas, Alexi ? s'enquit-elle d'un ton inquiet.

— Je n'ai pas mis de préservatif, répondis-je en me détournant.

— Je… Je suis désolée. Mais il ne devrait pas y avoir de problème. Je viens d'avoir mes règles.

— En tout cas, préviens-moi s'il y a un souci.

Il fallait que je parte. Vite. Car j'avais encore envie d'elle.

— D'accord ? dis-je, un peu trop vivement.

— Oui, Alexi.

— Tu seras sur le circuit demain ?

J'eus honte de moi quand elle opina. Elle y serait, bien sûr. Remy devait tester un prototype. C'était un grand jour.

— Ne raconte pas à Remy ce qui s'est passé entre nous. C'était une erreur.

Elle baissa les yeux et se mit à trembler, mais je capturai son menton entre le pouce et l'index pour la contraindre à me regarder. Décidément, mon père avait raison. J'étais ignoble.

— Tu as compris, Belle ? Cela n'aurait jamais dû arriver et ne se reproduira pas.

Elle hocha la tête.

Elle avait l'air si triste que je faillis l'embrasser et m'excuser. Au lieu de quoi je me mis en colère. Je n'étais pas le seul coupable. Elle aussi avait trompé mon frère.

Je sortis de l'eau, tellement perdu dans mes souvenirs que je m'attendais presque à voir Belle au bord de la piscine. Mais la terrasse était déserte. J'attrapai une serviette pour me sécher. L'eau froide n'avait calmé ni mes ardeurs ni mes regrets.

Je m'étais vraiment conduit comme un mufle, cette nuit-là. Il était tellement évident qu'elle était vierge ! J'avais feint de ne rien voir pour m'innocenter à mes propres yeux. Belle avait raison, l'accident tragique qui avait emporté Remy n'avait aucun lien avec cette histoire.

Je l'avais injustement accusée de tous les maux, en lui faisant tellement peur qu'elle n'avait pas osé m'annoncer sa grossesse. Si je ne l'avais pas rencontrée par hasard à Barcelone, je ne saurais toujours pas que j'avais un fils. J'avais de quoi être en colère contre moi-même.

Maintenant, j'avais des dettes envers elle et cet enfant.

En retournant à la villa, j'échafaudai un plan. Puisque Belle refusait mon argent, je m'y prendrais autrement. J'avais toujours besoin d'un pilote de réserve. En outre, ses compétences d'experte énergétique seraient très utiles à l'équipe d'ingénieurs qui travaillait sur le nouveau prototype Galanti. Il y avait donc probablement un moyen de m'acquitter de mes responsabilités personnelles tout en contribuant au développement de l'entreprise.

Il me fallait aussi surmonter ma frustration sexuelle... Je me dirigeai vers la salle de bains avec l'impression honteuse de retomber en adolescence et me soulageai sous la douche de mes tensions.

Néanmoins, la perspective du lendemain me replongea vite dans un trouble incontrôlable.

J'avais été incapable de résister à Belle quand elle m'avait tenté à dix-neuf ans. La femme indépendante et accomplie qu'elle était devenue était encore plus irrésistible.

6.

Belle

— Tu n'es pas sérieux ? Je ne peux pas accepter.

Consternée par la proposition d'Alexi, je fixai avec inquiétude le pli obstiné de ses lèvres. Après toutes les années écoulées, en dépit de tout, je quêtai toujours son approbation. Mais pas uniquement… Le baiser fou que nous avions échangé la veille m'avait tenue éveillée une bonne partie de la nuit.

— Pourquoi pas ? Il me faut un pilote de réserve, et tu t'intégreras parfaitement dans mon équipe de recherche.

— C'est trop d'argent.

Il m'offrait un salaire insensé, sans rapport avec le poste, sans doute pour s'acquitter de ses responsabilités envers Cai et moi. Puisque j'avais refusé la veille un accord financier du même ordre.

— Pas du tout. Ton expertise le vaut bien. C'est plutôt ce radin de Camaro qui ne te paye pas assez.

— Je ne veux pas être pilote. Je te l'ai déjà dit.

— Mais pourquoi ? Tu en rêves depuis toute petite, exactement comme Remy.

— Justement. Remy est mort en poursuivant son rêve.

— Le risque est minimal, tu le sais, rétorqua Alexi. Remy n'était pas aussi doué que toi. Il manquait parfois de concentration. Il avait trop besoin de vitesse et d'adrénaline.

Tentée de prendre la défense de Remy, j'étais malgré tout flattée de l'admiration d'Alexi.

— Je suis sensible au compliment, Alexi, mais je n'exercerai pas ce métier parce que j'ai un fils.

Manifestement, cette idée ne l'avait pas effleuré.

— Tu auras suffisamment d'argent pour assurer sa garde et son éducation.

Il ne comprenait toujours pas.

— Le problème n'est pas là.

Il leva les bras au ciel avec une expression exaspérée.

— Alors, explique-toi !

— Je ne peux pas me permettre de risquer ma vie alors qu'il n'a que moi.

Il se raidit comme si je l'avais giflé. Mais je ne m'excusai pas. Même si Cai avait maintenant un père et une mère, Alexi n'était encore qu'un étranger pour lui.

Il poussa un long soupir.

— Tu as raison. J'aurais dû y penser. Je chercherai quelqu'un d'autre pour ce poste.

Je me levai et posai une main sur son bras.

— Tout cela est nouveau pour toi, dis-je pour apaiser son remords.

Il tressaillit, et une lueur s'alluma dans ses yeux.

Je reculai aussitôt. Ce n'était pas une bonne idée de le toucher…

— Il va te falloir un peu de temps pour t'habituer, c'est normal.

Il hocha la tête.

— Oui. Tout de même, je suis impardonnable. Je sais combien c'est douloureux d'être orphelin de mère… Je ne souhaite ce sort à personne, surtout pas à mon propre enfant.

La connexion, entre nous, s'intensifia d'une manière presque palpable. Alexi n'exprimait jamais la moindre émotion. C'était la première fois qu'il se montrait vulnérable.

— Ma proposition de poste tient toujours dans le secteur recherche, insista-t-il. Avec le même salaire.

— Je ne peux pas. Je suis sous contrat avec Renzo. Il a été très gentil avec moi et Cai. C'est un ami…

— Stop.

Je tressaillis quand il pressa l'index sur ma bouche pour m'intimer silence.

— Tu n'appartiens pas à Renzo, reprit-il. Et ce n'est pas lui le père de cet enfant.

Il mettait délibérément l'accent sur ma culpabilité et se comportait presque comme un amant jaloux. Je n'eus pas le temps de réagir.

— Je rachèterai ton contrat avec Camaro. Si c'est vraiment un ami, il ne te refusera pas cette opportunité.

— Alexi, réponds-moi franchement. Me ferais-tu cette proposition de travail si j'avais accepté l'arrangement financier de tes avocats ?

J'avais touché juste car il baissa les yeux en marquant un temps d'arrêt. Mais il ne se laissa pas démonter pour autant.

— Peut-être pas…, avoua-t-il avec un sourire poignant.

Il me caressa la joue, et je ne pus m'empêcher de m'appuyer contre sa paume.

— J'aimerais apprendre à connaître mon fils, ce qui est impossible s'il vit loin de moi. La branche recherche et développement de Galanti est basée à Nice. Je peux t'y acheter une villa et te rendre visite beaucoup plus souvent que si tu continues d'habiter à Londres.

Je reculai. Il baissa le bras, et je regrettai aussitôt d'avoir perdu le contact avec sa main.

— Je ne peux pas accepter ta charité, dis-je. Et je ne veux pas chambouler ma vie et celle de Cai. Cela va déjà être un tel changement, pour lui…

Il toucha de nouveau mes lèvres pour arrêter mes objections, et je me tus en frissonnant. Alexi m'avait toujours impressionnée. J'avais peur de lui. Je redoutais aussi le réveil de mes sentiments et de mon désir…

— Chut…, murmura-t-il. Je ne te fais pas la charité, Belle. Tu mérites cette promotion. Je veux mettre au point un prototype qui fera date dans l'histoire de la Formule 1. L'efficience énergétique sera la clé du succès, et j'ai besoin de tes compétences. Mais il ne s'agit pas uniquement de Galanti. Tu as aussi le droit de songer à ta carrière. L'équipe Destiny de Camaro ne t'offrira jamais autant de perspectives que moi. Je suis le meilleur.

Son arrogance n'avait décidément pas de limites. Malgré tout, il n'avait pas tort. Le centre expérimental qu'il avait créé à Nice le plaçait tout en haut de l'échelle dans le secteur de la course automobile. En sept ans, depuis qu'il avait pris les rênes de l'entreprise, sa société avait acquis une immense notoriété.

Mon histoire personnelle avec Alexi m'avait jusque-là interdit d'envisager une collaboration professionnelle. Le changement récent de la situation modifiait la donne, et une évolution de carrière ne me laissait pas indifférente. Néanmoins, la vie de Cai était à Londres. Il adorait son école et la fréquenterait à plein temps dès l'automne…

En réalité, je me cherchais des excuses pour justifier ma lâcheté.

— Donc, c'est d'accord ? demanda Alexi en m'obligeant à redresser le menton. Tu vas travailler chez Galanti, t'installer à Nice et je pourrai voir mon fils ?

La peau me brûlait. J'étais peut-être en train de commettre une énorme bêtise. Pourtant, je n'avais pas de raison objective de refuser. Je devais considérer le point de vue de mon fils et celui d'Alexi. Et j'y gagnerais aussi.

Il fallait être pragmatique. Nous nous étions embrassés, mais Alexi en était resté là. Rien n'indiquait qu'il voulait aller plus loin. Dieu merci.

Il ne serait pas facile de contrôler mon cœur et mes

hormones, mais j'y arriverais maintenant que je connaissais les risques encourus. J'étais lucide.

Je capitulai.

— D'accord. J'accepte.

— *Excellente*… , chuchota-t-il.

Mais, quand il lissa une mèche derrière mon oreille, je me demandai si je n'avais pas présumé de mes forces.

7.

Belle

— Waouh ! Quelle vue à couper le souffle !

Jessie ouvrit en grand les portes-fenêtres qui donnaient sur la terrasse de notre nouvelle maison. Nice s'étendait à nos pieds, avec sa baie, sa promenade et les petites rues de la vieille ville, au-delà.

— Maman, je vois des bateaux et une piscine ! s'écria Cai joyeusement.

Il s'appuya contre la balustrade en marbre et se hissa sur la pointe des pieds. Située à quelques kilomètres de l'agglomération, la villa était construite en haut d'une falaise, entre Nice et Villefranche-sur-Mer. La propriété comprenait des jardins en terrasses et une piscine peu profonde, sécurisée, avec un toboggan et des jeux pour enfant. Un escalier en pierre descendait à une crique en contrebas.

— Regarde, maman, *une plage*. Elle est aussi à nous ?

Probablement.

— Je ne sais pas. Il faudra demander à Pierre.

Je posai une main sur l'épaule de Cai.

— Si tu allais le chercher pour l'inviter à déjeuner ?

Le secrétaire particulier d'Alexi avait tout organisé durant les dernières semaines et restait en contact permanent. J'avais mis mon veto sur les demeures les plus extravagantes parce que Cai n'était pas habitué au luxe. Alexi avait cependant eu le dernier mot. Ainsi qu'il me l'avait expliqué en nous accueillant à l'aéroport, Pierre avait dû se plier aux ordres de son employeur.

Cai était conquis. Il adorait sa nouvelle chambre, avec une tapisserie qui représentait des voitures de course et un lit qui avait la forme du prototype Galanti pour la Super League. Alexi avait déjoué mes réserves, je ne pouvais pas revenir en arrière.

De toute façon, mes objections ne concernaient que moi. J'aurais eu mauvaise grâce à reprocher à Cai son enthousiasme. Il avait une faculté d'adaptation à toute épreuve et s'épanouirait magnifiquement dans son nouvel environnement.

J'étais moins optimiste pour moi, avec tous les bouleversements qui s'annonçaient.

On m'avait présenté l'équipe des ingénieurs d'Alexi la semaine précédente, au cours d'un bref voyage en France, et j'avais hâte de prendre mes nouvelles fonctions. Après avoir démissionné de chez Camaro, je disposais d'un mois de congé pour m'installer avec mon fils. Mais j'avais déjà quelques idées d'innovation. Ce poste m'ouvrirait des perspectives intéressantes.

Jessie s'était arrangée pour prendre des vacances entre deux contrats. Elle passerait l'été avec nous et assurerait la transition quand je recommencerais à travailler. Je ne la remercierais jamais assez pour sa disponibilité.

Elle était aussi éblouie que moi par la magnificence des lieux…

— Tu es contente ? lança-t-elle en riant.

— Oui…

Je dus faire une mimique bizarre car elle fronça les sourcils.

— Qu'est-ce qui ne va pas, alors ?

— C'est beaucoup trop.

— Je comprends.

Elle jeta un regard circulaire sur le salon raffiné, élégamment meublé et décoré.

— Je n'ai jamais vécu dans un endroit pareil, murmura-t-elle.

— Moi non plus et je soupçonne Alexi de l'avoir acheté exprès pour m'impressionner.

Connaissant déjà sa fortune et sa puissance, je n'avais nul besoin de cela… N'étais-je pas à sa merci, maintenant que je dépendais entièrement de lui ? Jusqu'alors, je n'avais pas pleinement mesuré les implications de ce changement d'existence. En devenant son employée, je lui donnais encore plus de pouvoir. Heureusement, nous ne serions pas obligés de nous côtoyer quotidiennement au travail.

Jessie eut un sourire songeur.

— Il cherche peut-être surtout à impressionner Cai.

— Je ne pense pas, répondis-je. Il n'a même pas essayé de me joindre depuis mon voyage à Monte-Carlo.

Souhaitait-il réellement instaurer une relation avec son fils ? Il m'arrivait parfois d'en douter.

Jessie prit doucement mes mains entre les siennes.

— Et toi, as-tu des raisons de ne pas le contacter ?

La simplicité de sa question me désarma.

Jessie était clairvoyante. Pourquoi laisser l'initiative à Alexi ? J'avais très vaguement commencé à parler à Cai de son père, mais sans rien planifier de mon côté. Je m'étais réfugiée dans le travail et les préparatifs du départ, en attendant un signe qui ne venait pas.

Je m'expliquais mieux pourquoi j'étais à cran. En réalité, j'étais aussi fautive qu'Alexi. Moi non plus, je ne m'étais pas manifestée. Je n'avais posé aucune question. Je me livrais à Alexi pieds et poings liés…

— Non, aucune, répliquai-je. Il est peut-être temps que je réagisse pour reprendre le contrôle de la situation.

Pierre arriva sur ces entrefaites avec Cai dans les bras.

— Je déjeunerai avec vous avec plaisir, mademoiselle Simpson. Merci pour l'invitation.

Cai, qui adorait Pierre, gloussa de plaisir. Mais il n'était pas venu à Nice pour établir des liens privilégiés avec l'homme de confiance d'Alexi…

Quand Cai et Jessie quittèrent la pièce pour aider Camille, la gouvernante engagée par Alexi, je me décidai à parler à Pierre.

— Savez-vous où se trouve Alexi en ce moment et comment je peux le joindre ?

Je n'avais même pas son numéro de portable…

— M. Galanti rentre de Rome aujourd'hui. Il sera ce soir à la Villa Galanti avant de repartir à Londres demain pour les préparatifs du British Grand Prix.

Ce n'était vraiment pas de chance… Alexi se rendait à Londres juste quand nous nous installions à Nice. À croire qu'il faisait tout pour ne pas rencontrer son fils.

— Où puis-je louer une voiture ? demandai-je.

Le visage de Pierre s'éclaira.

— C'est tout à fait inutile, mademoiselle. Vous avez trois modèles Galanti à votre disposition dans le garage.

— Trois ! Pour quoi faire ?

Je manquai de m'étouffer, mais Pierre ne broncha pas, comme si c'était la chose la plus naturelle du monde.

— M. Galanti a tout prévu. Vous avez un SUV pour les excursions familiales, le coupé décapotable GL8 pour le plaisir et la petite GLT de ville pour vous rendre à Nice ou à Cannes.

J'acquiesçai. Alexi avait pensé à tout sauf à l'essentiel, sa rencontre avec son fils…

Dès que Cai serait couché, je le laisserais avec Jessie pour aller à Monaco, où je serais en moins d'une demi-heure. Il valait mieux discuter face à face avec Alexi.

Je n'avais pas déraciné mon fils pour rien. Puisque son père ne se manifestait pas, c'est moi qui prendrais les devants pour les mettre en présence. Je préférais tout organiser maintenant que j'avais le temps. Tout serait plus compliqué quand je travaillerais.

Si la montagne ne veut pas venir à Mahomet, il faudra que Mahomet aille trouver la montagne...

La nuit était tombée lorsque je franchis les grilles de la Villa Galanti au volant de ma voiture de sport dernier cri.

Pierre, qui m'avait ouvert le portail, avait probablement averti Alexi que j'étais là. La boule au ventre, je me garai devant la façade Belle Époque en répétant la tirade que j'avais préparée pendant le trajet le long de la Grande Corniche. Les souvenirs que j'avais réussi à refouler lors de ma dernière visite revenaient en force.

Pierre m'accueillit sur le perron.

— Mademoiselle Simpson, nous ne vous attendions pas, me dit-il.

Il semblait content de me voir, ce qui ne serait peut-être pas le cas d'Alexi...

— Alexi est là ? demandai-je.

— Oui, M. Galanti est rentré il y a une heure. Il se promène dans le parc. Voulez-vous l'attendre pendant que je lui annonce votre visite ?

Il ne l'avait donc pas prévenu. Tant mieux. Pour une fois, j'aurais l'avantage de la surprise.

— Je vais plutôt aller à sa rencontre, répondis-je.

— Comme vous voudrez.

J'empruntai un sentier qui serpentait entre les bosquets, sous le clair de lune. Les citronniers et les jasmins embaumaient. J'avais tant de souvenirs dans cette propriété ! Pourvu qu'Alexi n'ait pas décidé de se baigner... Je m'immobilisai en entendant justement un bruit dans la piscine, en contrebas.

Je faillis faire demi-tour mais continuai malgré moi,

aiguillonnée par la colère qui m'avait poussée à la confrontation. Je n'en menais pas large en descendant les marches.

Alexi était sorti de l'eau et se séchait. Je n'attendis pas pour me manifester.

— Alexi ?

Il leva la tête et croisa mon regard.

Si j'avais espéré le prendre au dépourvu, je fus déçue. Plus invincible et sûr de lui que jamais, il m'examina de la tête aux pieds.

— *Bella notte*, encore en train de m'épier ?

Il jeta sa serviette sur son épaule. Sa peau humide luisait dans la semi-obscurité, et son maillot de bain collait à ses cuisses puissamment musclées.

— Nous devons parler, déclarai-je, la gorge serrée. De Cai.

Pourquoi fallait-il qu'il soit si beau ?

Je tentai de réagir, mais craignais de m'être leurrée moi-même. N'avais-je réellement pensé qu'à mon fils en acceptant les largesses d'Alexi et en m'installant à Nice ?

— Pierre m'a dit que la maison et sa chambre lui plaisaient, dit Alexi en s'approchant.

Il avait donc questionné Pierre, songeai-je avec étonnement. Avait-il donné ses directives pour la décoration que Cai aimait tant ?

Sa proximité me troublait intensément, et je me mis à bredouiller.

— Oui… Il… Il est très content. Qui a choisi le lit et le papier peint ?

Une légère rougeur colora les pommettes d'Alexi.

— Le décorateur d'intérieur m'avait soumis un projet, et j'ai eu l'idée de reproduire notre dernier prototype. Cela semblait d'autant plus pertinent que sa mère travaille dessus.

Son attention me toucha.

— De quoi veux-tu discuter ? reprit-il. Un problème particulier ?

J'avais terriblement envie de l'embrasser. Il m'était de plus en plus difficile de garder les idées claires. Les raisons de ma visite me parurent tout à coup très floues. Et prématurées puisque Alexi, finalement, pensait à son fils. Pourquoi le brusquer en m'immisçant dans leur relation ? L'ajustement était aussi délicat pour l'un que pour l'autre. La situation évoluerait d'elle-même. Je n'avais rien à faire ici.

Mon instinct de fuite l'emporta.

— Cela n'a pas vraiment d'importance, déclarai-je. Je vais m'en aller.

Il me rattrapa par le bras.

— Non…

Son ton presque suppliant me décontenança. Et le désir qui brillait dans ses yeux m'embrasa.

— Ne pars pas, continua-t-il en me caressant la joue avec son pouce. Donne-moi plutôt les *vraies* raisons de cette visite inopinée, *bella notte*.

Ses pupilles se dilatèrent, et j'eus la chair de poule.

Je me grattai la gorge.

— Je voulais savoir pourquoi tu ne m'as… Tu ne *nous* as pas contactés, ces derniers temps.

Ses doigts descendirent le long de mon cou pour s'arrêter à l'endroit où mon pouls battait. Le sang martelait mes tempes, et un fourmillement remontait tout le long de mes cuisses.

— Parce que je savais que j'aurais trop envie de toi, répondit-il d'une voix aussi rauque que la mienne.

Il n'y aurait plus moyen d'éteindre l'incendie qui menaçait. En dépit de tous mes efforts pour nier l'évidence, le feu couvait depuis cinq ans, entre nous. À présent, mon sexe gonflé réclamait l'assouvissement.

Je portais une robe d'été en soie qui n'était pas très différente de celle que j'avais la fameuse nuit. Pourquoi m'étais-je changée au lieu de conserver le jean et le T-shirt que j'avais mis pour voyager ? Je m'étais même douchée et maquillée avant de prendre le volant…

Sans doute pour me donner de l'assurance. C'était du moins ce que je m'étais dit.

— Tu n'aurais pas dû venir, *bella*, murmura Alexi à mon oreille.

Je sais.

Mais je ne regrettais pas mon impulsion, ni le pieux mensonge qui m'avait servi de prétexte.

Je posai les paumes sur son torse. Il frémit mais resta immobile, comme pour voir si j'allais le repousser. Je n'en fis rien et renversai la tête en arrière, offrant ma gorge à sa bouche.

Il étouffa un juron en italien et me couvrit de baisers avides. Je sanglotai quand il captura mes lèvres et me mis à caresser son torse.

C'était de la folie, mais je ne pouvais pas me retenir.

Ne pouvais-je pas revivre ce plaisir au moins une fois ? J'avais fait un enfant avec cet homme. Je l'avais aimé. Même si je ne ressentais plus que du désir, pourquoi ne pas y céder ?

Après, je n'y penserais plus. Je serais débarrassée de mon obsession et me concentrerais sur la seule chose qui comptait, Cai.

Alexi explorait ma bouche avec une urgence de plus en plus pressante. Je savais que nous irions jusqu'au bout. Rien ne pouvait plus nous arrêter.

Il s'arracha un instant à moi.

— Dis-moi que tu en as autant envie que moi.

— Oui…, bredouillai-je.

— *Bene*, souffla-t-il.

Il me souleva dans ses bras et traversa la terrasse.

— Où allons-nous ? m'écriai-je, le cœur battant.

— Dans ma chambre. Pas question de me contenter

d'une chaise longue, maugréa-t-il d'une voix altérée par la frustration.

— Je peux marcher, protestai-je.

— *Sta'zitta.*

Je me tus tandis qu'il montait l'escalier en me serrant contre lui. Son étreinte possessive me bouleversait, décuplant l'intensité de mes émotions.

Il me déposa devant un lit immense, dans une pièce au mobilier massif, à la décoration masculine, intimidante.

— Enlève ta robe, commanda-t-il.

Dévastée par le maelström de la passion, j'obtempérai en cherchant maladroitement la fermeture Éclair. Puis, je le regardai ôter son maillot de bain.

Son érection me fascina.

— Le reste aussi, murmura-t-il en attrapant des préservatifs dans le tiroir de la table de nuit.

Je m'exécutai en tremblant. Les lumières de Nice brillaient dans le lointain, mais cette ville me sembla brusquement à des milliers de kilomètres. Dans le silence, on n'entendait plus que nos respirations saccadées.

Alexi m'allongea sur le lit et ouvrit mes cuisses. Je fus choquée quand il approcha son visage de mon sexe.

Je perdis très vite le contrôle sous les caresses de sa langue. Je voulus me redresser, mais il me repoussa avec fermeté. Un orgasme dévastateur me secoua, avec une force incroyable.

Quand mes sens ébranlés retrouvèrent un peu de vigueur, une violente émotion m'étreignit.

— S'il te plaît... Je veux te sentir en moi, suppliai-je.

Il se redressa aussitôt, empoigna mes hanches et me pénétra.

Je m'agrippai à ses épaules en sanglotant. Il me laissa un peu de temps pour que je m'habitue à sa présence. Puis, il commença à bouger. Le plaisir enfla de nouveau, en même temps qu'une émotion d'une intensité indicible.

8.

Alexi

Mon cœur menaça d'exploser lorsque je pénétrai Belle. Je plongeai de plus en plus profondément en elle, tout en m'efforçant de maîtriser le rythme qui m'emportait malgré moi. J'avais encore le goût de son sexe sur mes lèvres. J'avais peur de perdre le contrôle.

Une seule chose m'importait, sa jouissance. Ses sanglots et ses gémissements de plaisir résonnaient à mon oreille, me guidant et m'excitant en même temps. Je serrai les dents pour résister le plus longtemps possible, mais déjà les prémices de l'orgasme s'annonçaient, au bas de ma colonne vertébrale.

— Jouis encore pour moi, *bella*, murmurai-je.

Son cri retentit en moi, et je pus enfin me relâcher. Les spasmes qui la secouaient se joignirent aux miens tandis que le paroxysme fondait sur moi avec une violence inouïe.

Je m'appuyai sur les coudes pour ne pas m'effondrer sur Belle. Je ne voulais pas lui montrer combien j'étais anéanti.

Il ne s'agissait que de sexe.

La puissante alchimie qui nous avait rapprochés autrefois était toujours à l'œuvre. Cinq ans s'étaient pourtant écoulés, mais je n'avais plus jamais éprouvé de sensations aussi intenses.

Il ne servait à rien de se voiler la face. Autre chose me liait à Belle, que je n'arrivais pas à expliquer ou analyser…

Qu'il serait bon de s'y adonner sans être rongé par le remords ! Je roulai sur le dos en me couvrant le front avec le bras. Je voulais récupérer mon souffle avant de parler, mais Belle se raidit à côté de moi.

Je compris que ce serait impossible. Non plus à cause de Remy, mais de l'enfant.

Puisqu'elle était venue à la villa pour connaître mes intentions, il était temps que je lui fasse part de mes doutes.

— Je vais m'en aller, chuchota-t-elle en frissonnant. Retourner auprès de Cai.

Un air tiède pénétrait dans la chambre par les grandes baies vitrées qui ouvraient sur la terrasse. Cette terrasse où je pensais si souvent à Belle depuis que je l'avais revue et embrassée.

— Pas tout de suite. Tu voulais me parler du petit, lâchai-je avec peine.

— Pas maintenant. Demain…

Elle se leva et ramassa ses vêtements. Je la contemplais, comme hypnotisé, pendant qu'elle agrafait son soutien-gorge. La lune jetait des reflets laiteux sur sa peau pâle.

Je me secouai et me dirigeai vers la commode pour prendre un caleçon. L'atmosphère était encore chargée d'électricité. Je ne pouvais pas faire semblant de rien. Cela ne servait à rien.

Quand elle se pencha pour mettre ses sandales, je les subtilisai et les cachai derrière mon dos. Elle me lança un regard apeuré. Ma barbe naissante avait laissé des rougeurs sur ses joues, et elle avait les lèvres gonflées.

— S'il te plaît, Alexi, laisse-moi partir, implora-t-elle d'un ton coupable. Je… Je regrette ce qui s'est passé. Je n'étais pas venue pour cela.

C'était faux, nous le savions tous les deux, même si elle s'en défendait. J'avais réagi pareil en gardant mes distances. Maintenant, il nous fallait affronter le problème. En même temps, je devais rester prudent.

Elle avait l'air complètement perdue. Comment pouvait-elle paraître aussi juvénile alors qu'elle était mère d'un petit garçon ? *Mon* fils…

Elle insista.

— Toi aussi, tu voulais… éviter ce qui vient d'arriver. Après le baiser de l'autre jour, il ne fallait surtout pas nous revoir seuls.

Je pressai un doigt sur ses lèvres.

— Chut, Belle. Ce qui s'est produit était inévitable. On ne pouvait pas s'y dérober indéfiniment.

Un mélange de panique et d'indignation se peignit sur ses traits.

— Je ne suis pas d'accord. On a toujours le choix. La première fois aussi, nous étions libres.

Je réprimai un rire. Quelle naïveté adorable ! Elle n'avait pas dû connaître beaucoup d'hommes après moi. C'était si rare, d'éprouver une attirance aussi forte !

— Nous n'avons pas fait un mauvais choix puisque nous avons eu un fils, dis-je.

Je m'interrompis un instant.

— Il m'arrive aussi d'avoir peur, avouai-je, la gorge serrée.

Je détestais admettre mes faiblesses, quelles qu'elles soient, mais je tenais à lui montrer qu'elle n'était pas la seule à se débattre et à lutter contre ses émotions.

Elle ne répondit rien, mais écarquilla les yeux d'étonnement. Elle était irrésistible. Aiguillonné par le désir, je me maîtrisai. Maintenant que j'avais commencé mes confidences, je devais aller jusqu'au bout.

— La paternité me fait peur. Compte tenu de mes antécédents, je crains de ne pas m'acquitter honorablement de mon rôle.

Elle tressaillit.

— Tes antécédents ? Que veux-tu dire ? Tu as d'autres enfants ?

— *Dio*, non ! Tu es la seule avec qui j'ai eu des relations sexuelles non protégées.

La seule à m'avoir rendu fou de désir au point d'oublier les précautions élémentaires.

Je gardai cet aveu pour moi. L'accident malencontreux qui ne se reproduirait pas. Rien ne durait éternellement, dans le monde éphémère des sensations. Notre attirance physique s'émousserait comme tout le reste. Seuls les liens du passé en expliquaient l'intensité.

Il n'y avait qu'une solution pour nous libérer, affronter la réalité au lieu de la fuir. Jusque-là, nous nous étions comportés comme des lâches. Tous les deux. Belle avait vécu dans le secret pendant cinq ans avec un enfant. De mon côté, j'avais nié la vérité au sujet de mon propre frère et refusé de rencontrer mon fils.

Il était temps d'aller de l'avant, de nous montrer courageux. Pour moi, cela signifiait d'abord reconnaître mes défaillances et faire preuve de lucidité. Je devais aussi cesser d'être dans le déni.

— Mais alors de quoi parles-tu ? demanda Belle.

Je m'obligeai à surmonter la culpabilité qui me paralysait depuis trop longtemps

— Je n'ai pas été à la hauteur avec mon frère, ni avec toi. Je ne veux pas échouer en plus avec cet enfant…

9.

Belle

Les yeux me piquaient. L'honnêteté d'Alexi me touchait beaucoup. Il était sincèrement désolé.

Pourtant, il ne serait pas forcément un mauvais père. Avait-il réellement déçu Remy ? Je ne le pensais pas. Et s'il avait été cruel avec moi, ce n'était pas délibéré. Il était accablé par la douleur et le chagrin, le jour de l'enterrement.

L'émotion me nouait la gorge. J'étais incapable de discuter. Mon sexe était encore sensible, mon cœur battait la chamade… J'étais choquée par ce qui venait de se produire et j'avais même un peu honte.

J'avais besoin de prendre du recul pour faire le point, réfléchir… et surtout ne pas retomber dans les bras d'Alexi. Il ne fallait pas réveiller les émotions destructrices qui m'avaient déjà piégée par le passé.

J'étais terrifiée par la confusion des sentiments qui m'agitaient, trop forts pour n'être qu'un écho de mon adoration d'antan.

Je ne pouvais pas me permettre de retomber amoureuse. Alexi n'était pas homme à se laisser aimer. Adolescente, je n'en avais pas conscience parce que ses qualités m'aveuglaient. Son instinct protecteur, sa détermination, son ascendance, m'attiraient trop pour que je perçoive leur effet destructeur.

Je n'avais pas connu mon père, mort peu après ma naissance, et j'avais passé mon enfance à rechercher l'approbation masculine. Plus Alexi se montrait inaccessible, plus j'avais envie de le conquérir. Rien n'avait changé. Il était toujours hors de portée. Il me captivait et me fascinait d'autant plus que ma découverte de la sexualité était passée par lui. Aucun autre homme ne m'avait tentée depuis.

Je devais m'éclaircir les idées et me ressaisir très vite, avant de mettre Cai en sa présence.

Et avant d'entamer mon nouveau travail au sein de la firme qu'il dirigeait.

Nous serions désormais liés, sur le plan professionnel mais aussi personnel. Je ne souhaitais pas en plus entretenir une liaison sexuelle. Je m'étais crue invulnérable, insensible à son charme. La réalité s'était chargée de me prouver le contraire. Nos relations seraient assez difficiles sans rajouter des complications explosives.

Je réussis enfin à m'exprimer calmement.

— On n'est pas parent d'emblée, bon ou mauvais. Cela s'apprend. J'étais affolée par mon ignorance quand Cai est né, avouai-je. Et même avant sa naissance. Il m'arrive encore de faire des bêtises. J'en ai d'ailleurs commis une de taille en ne disant rien à son père.

— Arrête de te faire des reproches à ce sujet.

Alexi fourra les mains dans les poches de son jogging, qui descendit un peu sur ses hanches. Je détournai les yeux pudiquement.

— Merci d'être si compréhensif. Tu pourrais me détester à cause de cela.

— Tu étais très jeune, murmura-t-il. Et je m'étais horriblement mal conduit avec toi.

Il me toucha le menton de ses doigts repliés, pour me forcer à lever le visage.

— Si tu avais si peur de devenir mère, pourquoi as-tu gardé le bébé ? demanda-t-il.

Parce que je t'aimais. Tellement. Trop...

Les mots ne franchirent pas mes lèvres. Ce n'était pas la peine de me rendre plus vulnérable que je n'étais déjà. S'il n'avait pas deviné, c'était futile, sans intérêt.

— Je n'étais pas très réfléchie. Je ne suis même pas sûre d'avoir vraiment pris ma décision en conscience. J'avais l'esprit confus. Je souffrais beaucoup, de la mort de Remy et...

D'avoir été bannie par toi, ajoutai-je intérieurement, sans l'exprimer à voix haute.

— ... De devoir quitter Monaco, poursuivis-je. Ensuite, quand j'ai vu la forme minuscule à la première échographie, il était trop tard. Le choix qui s'était imposé malgré moi était le bon.

Même si ce n'était pas l'entière vérité, il s'en contenta et hocha la tête.

— Mais je suis désolée de te l'avoir imposé sans te consulter, dis-je, sans conviction.

J'inspirai profondément et rassemblai mon courage.

— En tout cas, rien ne presse. Laissons à Cai le temps de s'ajuster à son nouvel environnement. Cela représente un tel changement d'existence ! Pour toi aussi le pas à franchir est énorme. Il faut que vous soyez prêts tous les deux.

C'était un pieux mensonge. Cai possédait des facultés d'adaptation à toute épreuve. Il s'habituerait vite et sans problème à notre nouvelle demeure, un palais en comparaison de notre ancien appartement. Mais j'avais, moi, besoin de retrouver un peu de sérénité.

Je ramassai mes sandales qu'il avait posées sur la commode et les enfilai. Alexi continuait à me fixer comme s'il lisait en moi. J'avais la sensation bizarre que mon discours sage et mature ne l'avait absolument pas convaincu.

— Si tu veux, je t'appellerai une fois que nous serons complètement installés, d'ici une quinzaine de jours. Nous conviendrons alors d'une date de visite.

Il fronça les sourcils.

— Une quinzaine de jours ?

— Euh, oui…

Je me creusai la tête pour trouver une justification valable.

— Pierre m'a annoncé que tu partais demain au Royaume-Uni pour le Grand Prix. Après ta première rencontre avec Cai, il vaudra mieux rester dans les parages et ne pas disparaître pour plusieurs semaines d'affilée.

Je parlais avec un débit précipité en reculant vers la porte. J'avais peur qu'il m'interrompe et redoutais en même temps qu'il ne fasse rien pour me retenir.

Je pris son silence pour un assentiment.

— Alors, c'est entendu. Je te téléphonerai.

Je me sauvai comme une voleuse, descendis l'escalier en courant et m'installai au volant de ma décapotable. En mettant le contact, je ne pus m'empêcher de jeter un coup d'œil par-dessus mon épaule.

Debout au balcon de sa chambre, Alexi m'observait.

Je démarrai en trombe, le rouge au front.

10.

Alexi

Je me rendis dès le lendemain matin à la villa que j'avais achetée pour Belle et mon fils. Je sonnai à la porte et attendis, le cœur battant.

— Un instant, j'arrive ! lança une voix féminine.

Ce n'était pas Belle, et ma tension se relâcha sensiblement. La jeune femme qui m'ouvrit possédait une certaine ressemblance physique, avec la même forme de visage et de magnifiques cheveux acajou, mais d'un roux moins cuivré que ceux de Belle. C'était sa cousine, que j'avais brièvement rencontrée à Barcelone le jour où ma vie avait changé pour toujours.

— Bonjour, dit-elle d'un air surpris, avant de me gratifier de son sourire le plus éclatant.

Son attitude aiguisa mes soupçons.

Je n'étais pas attendu et m'étais préparé à un accueil glacial. La veille au soir, en regardant s'éloigner les feux arrière de la voiture de Belle, j'avais pris plusieurs décisions importantes. En conséquence de quoi, j'avais passé deux heures, ce matin-là, à réorganiser mon emploi du temps pour rester à Monaco durant les trois semaines à venir.

Résolu à endosser mes responsabilités paternelles, je venais en informer Belle. Elle ne pourrait plus m'évincer de sa vie, ni de celle de son fils. La panique que j'avais lue dans ses yeux ne concernait pas tant mes relations avec l'enfant que ce qui s'était passé entre elle et moi.

— Vous êtes M. Galanti, n'est-ce pas ? dit la jeune femme en me tendant la main. Je m'appelle Jessie Burton. Je suis la cousine de Belle. Nous nous sommes aperçus à Barcelone, mais vous ne vous souvenez sans doute pas de moi. Vous n'aviez d'yeux que pour Belle, ce jour-là. Et Cai.

Elle me fit entrer dans le vestibule.

— Venez sur la terrasse. Belle et Cai sont en train de prendre le petit déjeuner.

Je m'approchai. Construite sur une hauteur, la villa offrait une vue panoramique époustouflante sur Nice et la côte. Je l'avais d'ailleurs achetée pour cette raison précise. Mais un autre spectacle me coupa la respiration. J'hésitai à avancer davantage tandis que le sang tambourinait à mes tempes.

Illuminée par le soleil du matin, Belle portait un simple short et un T-shirt. Elle avait noué ses cheveux en queue-de-cheval et riait à une remarque du garçonnet assis à côté d'elle. Même ainsi, au naturel et sans apprêt, elle était ravissante.

Et si jeune ! Elle avait presque l'air d'un garçon manqué, comme au temps de son adolescence. Comment pouvait-elle déjà avoir un enfant ? Était-ce vraiment la même personne qui avait fait l'amour avec moi la veille avec tant de passion ?

— Belle, nous avons un invité surprise ! s'écria sa cousine.

Le petit garçon tourna vers moi des yeux pleins de vivacité, qui ressemblaient comme deux gouttes d'eau à ceux de Remy.

— Qui est-ce ? questionna-t-il curieusement.

La réaction de sa mère m'inquiéta.

Manifestement choquée par mon apparition, elle se crispa et devint très pâle.

— Alexi ! murmura-t-elle d'une voix altérée.

Le petit garçon descendit de sa chaise et accourut vers moi.

— Qui es-tu ? demanda-t-il en se plantant devant moi, les poings sur les hanches, le menton relevé.

Il portait un pyjama coloré, avec des dessins de voiture, et aurait été très mignon s'il n'avait arboré une mine étrangement agressive. À l'évidence, sa mémoire n'avait pas conservé le souvenir de notre rencontre quelques semaines plus tôt.

— Pourquoi viens-tu chez nous ? reprit l'enfant.

Je réprimai un sourire devant ce déploiement d'hostilité. Il protégeait sa mère.

La cousine s'interposa et plaça les mains sur les épaules de l'enfant.

— Cai, ne sois pas impoli avec M. Galanti. C'est…

Elle s'interrompit brusquement pour se tourner vers Belle, qui ne réagissait toujours pas, comme frappée de paralysie par mon arrivée.

Devant l'hésitation de la cousine, je compris que Belle n'avait encore rien dit à mon fils. L'irritation m'envahit. Pourquoi s'évertuait-elle à me tenir à l'écart ?

Je dus rassembler toute mon équanimité pour ne pas trahir mon énervement. Je m'agenouillai devant l'enfant et m'adressai à lui avec douceur.

— Je m'appelle Alexi Galanti.

Belle s'était levée pour nous rejoindre, avec une expression de panique pure.

Craignait-elle à ce point que je commette une maladresse ? Mon agacement monta d'un cran, mais je me maîtrisai.

J'aurais dû prendre la situation en main beaucoup plus tôt.

— Je suis un ami de ta maman, dis-je à l'enfant en me rappelant ses paroles, à Barcelone.

C'était certainement plus vrai maintenant qu'alors,

même si le terme ne décrivait pas la complexité de la relation que j'entretenais avec Belle.

— Et j'aimerais aussi devenir ton ami, ajoutai-je.

Le petit garçon écarquilla les yeux avec intérêt, mais consulta sa mère avant de me répondre.

— Maman, je peux lui parler, même si tu m'as défendu de discuter avec des inconnus ?

Sa franchise m'émut, même si elle me blessa en même temps.

L'étrangeté de la situation me frappa de plein fouet. Cet enfant était mon fils, la chair de ma chair. Avec ses cheveux noirs ondulés et ses yeux d'un bleu limpide, son physique attestait l'héritage des Galanti. Il nous ressemblait aussi par son caractère franc et direct, sa détermination pleine de hardiesse.

Mais à cause des erreurs que Belle et moi avions commises, à cause aussi de nos faiblesses et notre égoïsme, je ne pouvais pas proclamer haut et fort ma paternité. Pas encore, en tout cas.

Belle s'accroupit auprès de lui et passa un bras autour de sa taille. Quand il la prit par le cou, un regret m'étreignit à la vue du profond attachement qui les liait.

À ce moment-là, je me promis de ne plus fuir, jamais. Désormais, j'affronterais la réalité. Je mettrais tout en œuvre pour tenir le plus tôt possible mon rôle de père.

— Bien sûr, Cai, le rassura Belle avec une émotion contenue. Je te félicite de m'avoir d'abord demandé la permission, tu as très bien agi.

Visiblement ravi du compliment maternel, le garçon rayonnait. Lorsque Belle, aussi émue que moi, les yeux brillants, se gratta la gorge pour continuer, mon irritation tomba un peu.

— Alexi, est *vraiment* mon ami, tu sais. Et je serais très contente qu'il devienne aussi le tien.

Un sursaut de possessivité m'envahit. Je ne voulais pas

être leur ami. Juste un père pour le garçon, et un amant pour Belle.

Il me faudrait faire preuve de persévérance.

Quoique, après la scène de la veille, je n'aie pas la patience de revenir à des relations platoniques avec Belle.

Elle rougit quand nos regards se croisèrent, et l'air se chargea d'électricité.

— Tu as une voiture, monsieur Alexi ? questionna le garçon en réclamant mon attention. J'adore les voitures.

Son expression méfiante avait disparu. Il me rappelait beaucoup mon frère, et mon cœur se serra. Mon fils était un charmeur, avec le même tempérament solaire que Remy. Gentil, facile à vivre, peut-être un peu effronté et d'un optimisme incorrigible. Comme j'avais eu tort d'avoir peur ! J'avais déjà l'impression de le connaître. Il m'avait terriblement manqué.

— J'en ai plusieurs, répondis-je.

Puis, en repensant à notre rencontre à Barcelone, il me vint une idée.

— Tu aimes les voitures de course ?

L'enfant hocha la tête avec enthousiasme.

— Oui, c'est celles que je préfère.

— Eh bien, j'en possède aussi quelques-unes.

— Vraiment ?

Son excitation faisait plaisir à voir. Je marquais des points.

— Tu aimerais peut-être venir voir notre dernier prototype sur la piste d'essai Galanti ? Aujourd'hui, si tu veux. Avec ta maman, naturellement.

Il ne contenait plus sa joie.

— D'accord, maman ? Oh ! dis oui, s'il te plaît !

Même si cela manquait d'élégance, je me félicitai secrètement de battre Camaro à plates coutures. Je ne cherchais pas à rivaliser avec Renzo pour gagner l'affection de l'enfant, mais j'éprouvai un agréable sentiment de triomphe.

— Oui, bien sûr, dit Belle. Jessie t'accompagnera. Moi, je dois rester ici pour…

Je me redressai tandis qu'elle cherchait une excuse plausible et lui tendit la main pour l'aider à se relever.

— Jessie pourrait emmener mon f…

Je me repris aussitôt quand Belle tressaillit.

— Emmener Cai s'habiller, que nous puissions parler ?

— Ce n'est pas nécessaire…, protesta-t-elle en s'écartant.

Mais sa cousine s'interposa.

— Viens, Cai. Laissons M. Galanti avec ta maman.

Le regard que Jessie lança à Belle ne m'échappa pas. Elle m'était de plus en plus sympathique.

— On pourra y aller ce matin ? demanda le petit garçon.

— Dès que tu seras prêt, répondis-je.

— Merci, monsieur Alexi. Je suis content d'être ton ami.

— Appelle-moi simplement Alexi ! lançai-je, touché par son innocente remarque.

Dès que Jessie disparut avec mon fils, un silence pesant tomba. Écarlate, Belle baissa les yeux.

— Je… Nous ne t'attendions pas, mais si tu veux emmener Cai sur la piste d'essai, je n'y vois pas d'objection, dit-elle d'un ton précipité. Jessie ira avec toi. J'ai une tonne de choses à faire.

Le pouls qui battait à la base de son cou trahissait son trouble, mais elle cherchait encore à se dérober. Pendant combien de temps continuerait-elle à nier son désir ?

Je posai la main sur son cou. Elle se raidit et eut un mouvement de panique, mais ne recula pas.

— Nous savons depuis hier soir que le temps de la lâcheté est révolu, *bella notte*, murmurai-je en la caressant.

— Je ne sais pas ce que tu veux dire, protesta-t-elle.

— Alors, je vais te montrer.

Je me penchai vers elle.

— Il n'y a pas que mon fils qui m'intéresse, susurrai-je. Je suis aussi venu pour toi.

Elle entrouvrit les lèvres instinctivement pour recevoir mon baiser.

11.

Belle

Je suis aussi venu pour toi.

En même temps qu'il prononçait cet aveu de sa voix mâle qui résonnait en moi, Alexi captura ma bouche dans un geste possessif et dominateur.

Le désir obsédant qui m'avait tenue éveillée une bonne partie de la nuit me liquéfia. Mes tentatives pour le minimiser et rationaliser n'avaient servi à rien.

Instinctivement, j'entrouvris les lèvres et agrippai son polo. Sa langue se fit insistante, exigeante… Dans la clarté matinale, ma réponse m'apparut infiniment plus hardie et incontrôlée que la veille.

Il posa les paumes sur mes joues pour incliner ma tête vers l'arrière. Le baiser s'intensifia.

Ma respiration devint saccadée. J'avais le cœur qui battait très fort. Après le choc de sa visite impromptue, j'avais du mal à me remettre de l'échange surprenant qui avait eu lieu entre Cai et Alexi. Là, c'était trop pour moi.

Que voulait Alexi ? Nouer une relation avec son fils ou rouvrir la boîte de Pandore que j'avais désespérément tenté de refermer en rentrant à la villa ?

Au prix d'un immense effort de volonté, je martelai son torse de mes poings serrés et le repoussai avec un sanglot.

— Arrête !

Il me lâcha aussitôt.

Peut-être était-il aussi décontenancé que moi par la violence qui nous consumait. Il n'en laissa rien paraître et avait l'air plus indomptable que jamais.

— Ne… Ne recommençons pas, bredouillai-je.

Je passai des doigts tremblants dans mes cheveux en cherchant le ton et les mots justes. Mais ce n'était pas facile de rester calme, quand un feu liquide coulait dans mes veines. J'inspirai longuement, plusieurs fois.

— Pourquoi, si nous le désirons tous les deux ? lança-t-il avec une assurance tranquille.

Je réprimai l'envie de le gifler en enfonçant les mains dans les poches de mon short.

— Parce que nous ne sommes plus seuls en cause ! m'écriai-je avec une indignation légitime.

Il fallait à tout prix préserver Cai des forces destructrices qui étaient à l'œuvre et que je ne maîtrisais pas. J'avais essayé d'être compréhensive, de pardonner à Alexi son intrusion dans notre quotidien, mais j'avais la désagréable impression qu'il s'imposait par la force. Je pointai un index furieux dans sa direction.

— Il y a maintenant un enfant impliqué dans notre histoire, repris-je. La situation est déjà suffisamment confuse pour son âge. Tu aurais dû me consulter avant de venir. Je t'avais prévenu qu'il avait besoin de temps. Je n'ai même pas eu l'occasion de lui dire qui tu es, de le préparer…

— Cela suffit, coupa-t-il en m'attrapant le poignet. Ne te réfugie pas dans des faux-fuyants, avec des prétextes qui n'en sont pas. Tu as eu assez de temps pour lui parler de moi – quatre ans, pour être précis – ,mais tu as choisi de t'abstenir. Je n'attendrai pas plus longtemps ta permission pour avoir des contacts avec mon fils.

Ce jugement sec et sans appel, ainsi que l'incontestable vérité qu'il contenait, me frappa au cœur. Ma colère s'évanouit, remplacée par une culpabilité acide.

Il me lâcha.

— Crois-tu que je ne sache pas combien c'est compliqué ? poursuivit-il amèrement. Pour lui autant que pour moi ?

Il marqua une pause douloureuse. Je souffrais presque autant que lui.

— Mets-toi un peu à ma place, veux-tu ? J'ai été obligé de dire que je voulais être son ami ! *Son ami !* Alors que je suis son père !

Il s'était mis à chuchoter de peur que Cai ne l'entende.

— Je vais être obligé de faire mes preuves alors que je ne sais pas du tout comment me comporter avec un enfant de quatre ans.

Mes yeux s'embuèrent de larmes. Quand il s'était agenouillé pour se mettre à la portée de Cai, la connivence s'était établie avec beaucoup de spontanéité et de naturel. Je n'imaginais pas combien c'était difficile.

Je courbai la tête. J'avais tellement honte…

Comment Alexi pourrait-il jamais me pardonner ? Ma conduite était inexcusable. J'avais négligé Cai et Alexi parce que j'avais peur.

— Tu t'en es très bien tiré, déclarai-je en réprimant mon émotion.

Étais-je secrètement jalouse du lien qu'Alexi avait si facilement noué avec Cai ? Qui sait si je ne l'avais pas tenu délibérément à l'écart… J'avais eu Cai à dix-neuf ans, à un âge où je manquais encore terriblement de confiance en moi. J'étais fière du chemin parcouru depuis, mais à l'époque je craignais peut-être d'être éclipsée par la forte personnalité d'Alexi.

Il ne s'agissait pas d'une compétition, mais j'avais craint la rivalité.

— Cela aide, d'avoir une écurie de course automobile, observa-t-il.

L'insécurité qui perçait sous l'ironie me serra le cœur.

— Sans doute, mais il ne s'agit pas uniquement de cela. Tu lui as parlé avec beaucoup de…

Je me grattai la gorge devant son expression interrogative. Le mot douceur, que j'avais au bord des lèvres, ne convenait pas vraiment à Alexi Galanti. C'était trop ordinaire, trop banal.

— C'était touchant, lâchai-je enfin à grand-peine. Tu donnais l'impression de le comprendre, d'être de plain-pied avec lui. Tu dois avoir la fibre paternelle, finalement.

Il plissa le front avec un rire forcé.

— C'est peu probable, avec l'éducation que j'ai eue.

Ses relations orageuses avec son père l'avaient marqué. Il avait subi trop de violences, verbales et physiques !

Je me souvenais des cris et des insultes, des menaces et des critiques incessantes que Remy et moi surprenions parfois le soir. Les coups pleuvaient aussi, mais Alexi gardait la tête haute, refusant obstinément de se plaindre. Je mesurais seulement maintenant à quel point les mauvais traitements l'avaient atteint, sous la surface.

— Tu n'as jamais rien eu de commun avec ton père, dis-je.

Une ombre passa sur son visage, qu'il chassa aussitôt. Ma remarque l'avait néanmoins réconforté, du moins je l'espérais. Mais, en le privant de son fils pendant quatre ans, je l'avais empêché de découvrir des qualités humaines qu'il ignorait.

— Je suis content que cette première rencontre se soit bien passée, soupira-t-il. Mais j'aurai besoin de ton aide pour ne pas commettre d'erreurs.

— Ne t'inquiète pas.

Il hocha la tête.

— J'aimerais annoncer à Cai qui je suis le plus rapidement possible. Mais je suivrai tes conseils.

Il m'accordait une énorme concession. Je devrais me montrer digne de sa confiance.

— Merci. Nous verrons comment cela se passe. Cai est un petit garçon qui s'adapte sans problème à toutes sortes de situations. Il se plaît déjà beaucoup ici. Et… Il a énormément besoin d'attention masculine.

La rapidité avec laquelle il s'était attaché à Renzo et Pierre en disait long. Pourquoi n'avais-je pas correctement analysé ce trait de caractère ? Surtout en ayant moi-même tant manqué de figure paternelle dans mon enfance…

— Il est déjà ravi que je travaille pour la firme Galanti. « Les plus meilleures autos du monde », ajoutai-je avec un sourire en citant notre fils.

Une lueur amusée brilla dans les yeux d'Alexi.

— C'est un garçon vif et intelligent. Très beau aussi et exceptionnellement sûr de lui pour son âge. Il me rappelle tellement Remy, c'est incroyable !

Il s'interrompit, la mine pensive.

— Je prendrai soin de lui, Belle. Tu as ma parole.

Sa sincérité m'allait droit au cœur. Une double prise de conscience s'imposa à moi.

Alexi, qui se targuait tant de maîtriser ses sentiments, avait perdu sa réserve avec son fils qu'il aimait déjà sans restriction. Moi, j'avais été très égoïste et immature, pour douter de ses qualités paternelles alors qu'il avait été un si bon frère pour Remy.

— Je le sais, répondis-je simplement.

Après l'avoir exclu pendant si longtemps, je ne pouvais que le soutenir et l'encourager.

— À présent, il nous faut également aborder le deuxième problème, déclara Alexi en changeant de sujet.

Il caressa mes lèvres encore toutes gonflées de son baiser. Je sursautai violemment.

— Quel problème ? m'écriai-je d'une voix rauque.

Il esquissa un sourire sensuel et amusé à la fois.

— J'ai toujours envie de toi, Belle. Comme c'est

réciproque, il n'y a aucune raison qui nous interdise d'assouvir notre désir.

— Je… C'est impossible, bégayai-je en reculant.

Sa main retomba, mais je sentais encore la brûlure de ses doigts.

— Pourquoi ? questionna-t-il doucement, comme s'il craignait de m'effaroucher.

— Ce serait trop perturbant pour Cai.

— Je ne vois pas pourquoi.

— Il vient à peine de te rencontrer. Je ne…

Il m'imposa silence.

— Tu dois me faire confiance, Belle. Je ne le négligerai pas. Ma relation avec toi ne lui portera pas tort.

— Je pense tout de même que ce serait trop d'un coup de lui apprendre que nous sommes en couple…

— Pourquoi ? insista-t-il. Tu as certainement eu des amants, en quatre ans ?

Sa question recelait une pointe de jalousie bien superflue…

— N-non.

Je me repris aussitôt. Même si je détestais mentir, je ne pouvais pas avouer à Alexi qu'il était le seul homme de ma vie. Son arrogance ne connaîtrait plus de limites…

— Cai n'en a jamais rencontré aucun. J'ai toujours établi une stricte séparation entre ma vie sexuelle et la maison, justement pour ne pas le perturber. Je ne voulais pas qu'il s'attache à une figure paternelle qui risquerait de disparaître.

Alexi releva immédiatement, avec beaucoup d'habileté.

— Cela ne s'applique pas à moi, que je sache. Je ne suis pas une *figure* paternelle, mais son père. Je serai toujours présent, que nous dormions ensemble ou pas. Rien ne nous empêche d'afficher notre liaison. Pourquoi nous cacherions-nous ? Nous assouvirons notre sensualité pendant nos heures de liberté.

— Q-quelles heures ? Tu es très occupé. Moi, j'ai besoin de temps pour m'installer avec Cai avant de commencer à travailler dans trois semaines...

Je cherchai à gagner du temps, mais il m'interrompit.

— Je me suis libéré de toutes mes obligations professionnelles pour un temps indéterminé, annonça-t-il.

Puis il planta un baiser possessif sur ma bouche.

Je frissonnai, sur le point de capituler, quand il s'écarta brusquement en entendant Cai dévaler l'escalier.

— Je suis prêt ! lança Cai sur le seuil.

Il s'immobilisa en penchant la tête sur le côté.

— Maman, tu es toute rouge !

Les mains sur mes joues, je m'empourprai davantage encore sous le regard amusé d'Alexi, qui me prit tendrement par le cou.

— Je viens d'embrasser ta maman, dit-il. J'espère que tu ne m'en veux pas.

— Beurk, je déteste cela ! répondit Cai en haussant les épaules.

— Tu changeras peut-être d'avis quand tu seras plus grand, commenta Alexi en recouvrant son sérieux. Et maintenant, assez parlé, allons voir la nouvelle Galanti X.

Cai contemplait déjà son père avec adoration. Nul doute qu'Alexi ne devienne très vite son héros préféré !

Pendant que le père et le fils se dirigeaient vers la porte main dans la main, Jessie s'excusa auprès de moi de ne pas pouvoir les accompagner. Il me fut impossible de me dérober, surtout après le regard de défi qu'Alexi me jeta.

J'étais coincée. Je n'aurais bientôt plus d'excuse derrière laquelle m'abriter. Je soupçonnais aussi qu'Alexi n'en resterait pas là...

N'ayant pas le choix, je saisis la main libre de Cai, qui se balança joyeusement entre nous deux jusqu'à la voiture.

Cette journée s'annonçait riche de nouvelles expériences pour chacun de nous. Nous ne formions pas une famille, mais Cai était avec ses deux parents. Pour l'instant, c'était tout ce qui comptait.

12.

Alexi

Le soleil plongeait à l'horizon quand je garai la voiture au sous-sol de la villa. Sur la banquette arrière, Belle avait les yeux clos et notre fils dormait, la tête appuyée contre son bras.

Je souris avec attendrissement. La journée, fatigante, m'avait enseigné quelques leçons d'importance. Un enfant de quatre ans était une véritable pile électrique, qui s'éteignait d'un seul coup quand son énergie s'épuisait, comme si on actionnait un interrupteur. Il pouvait poser des questions sans s'arrêter et les répéter indéfiniment. Je lui avais expliqué des dizaines de fois pourquoi j'aimais la course automobile et quel était mon animal préféré.

J'avais aussi découvert que Belle était une mère fantastique. Attentive, d'une patience à toute épreuve, elle déployait des trésors de gentillesse.

Je coupai le contact.

Belle battit des cils.

— Nous sommes arrivés ? Désolée, je me suis assoupie, murmura-t-elle d'une voix ensommeillée.

Avait-elle la même voix le matin au réveil ? Je chassai très vite cette interrogation incongrue…

— Nous sommes tous un peu fatigués !

— Cela a été un baptême du feu, pour toi, répliqua-t-elle.

Elle me sourit naturellement, et je réalisai combien

son sourire m'avait manqué. Toute la journée, elle avait réservé sa bonne humeur et sa spontanéité pour Cai. C'était la première fois qu'elle baissait la garde avec moi.

— Cai est plein de vie, n'est-ce pas ? ajouta-t-elle. Et très exigeant, surtout quand il est excité comme aujourd'hui. Tu as été merveilleux avec lui. Tu fais partie de ses héros, maintenant. Tu t'en rends compte ?

Le compliment, sincère, me toucha.

— C'est un petit garçon sympathique et attachant, répondis-je.

Elle s'étira en levant les bras. Son T-shirt se tendit sur ses seins, et mon taux de testostérone grimpa en flèche.

— Merci de nous avoir consacré cette belle journée, dit-elle.

— Je suis son père, c'est normal.

Une irritation inexplicable reprenait le dessus, et je m'en excusai.

— Tu as parfaitement le droit de te fâcher. C'est moi qui suis cause de cette situation compliquée.

— Je ne m'énerve pas pour cela, expliquai-je en en me ressaisissant.

— Pourquoi alors ?

Sa poitrine attira à nouveau mon regard. La tension sexuelle, entre nous, devint tangible.

— Je suis frustré de t'avoir côtoyée toute la journée sans pouvoir te toucher.

Elle rougit violemment et se mordit la lèvre.

— Oh.

Manifestement, elle éprouvait la même chose.

— C'est une croix lourde à porter, murmurai-je.

Je descendis de voiture pour ouvrir la porte du passager du côté de Cai. Belle me rejoignit pendant que je débouclais sa ceinture.

— Je peux le porter, me dit-elle.

— J'aimerais le faire.

Elle semblait partagée, comme chaque fois qu'elle devait m'abandonner ses prérogatives, même pour un moment. Je ne lui en voulais plus et comprenais même ses réticences. Cai était sans doute un fardeau, mais elle veillait seule sur lui depuis quatre ans.

— Je te promets de faire attention. Je ne vais pas le lâcher, plaisantai-je.

Elle me rendit mon sourire.

— Je sais.

Une émotion étrange s'empara de moi quand je transportai l'enfant somnolent à l'intérieur. Un instinct protecteur et possessif, doublé d'une force que j'avais rarement ressentie.

Je l'avais porté à plusieurs reprises au cours de la journée, pour l'installer dans le prototype Galanti X, puis au restaurant où nous avions déjeuné et aussi à la plage. Là, ce fut différent. Il passa les bras autour de mon cou et se blottit contre moi.

Les yeux me piquèrent. J'avais peur d'être ridicule. Je n'avais jamais pleuré de ma vie, même pas quand mon père me battait Je n'avais pas non plus versé une larme lorsque notre mère nous avait quittés, ni plus tard sur la tombe de mon frère chéri.

Je refermai doucement la portière et dissimulai tant bien que mal l'émotion qui m'étreignait. Le petit garçon dégageait une odeur d'enfance, un mélange de sel marin et de glace au chocolat qui avait coulé sur son T-shirt.

Belle nous précéda pour ouvrir la porte. L'enfant se réveilla quand nous franchîmes le seuil.

— Coucou, monsieur Alexi, dit-il d'une voix ensommeillée.

Il se sentait en sécurité avec moi. Je me promis de ne jamais trahir sa confiance.

— Appelle-moi simplement Alexi, répétai-je pour la énième fois de la journée.

— Tu ne sens pas comme maman, murmura-t-il.

Je ris doucement et suivis Belle dans la chambre d'enfant.

— J'aime bien ton odeur, ajouta-t-il en enfouissant le visage au creux de mon épaule.

Cette remarque toute simple me bouleversa.

Je tenais mon fils, *notre* fils, songeai-je pendant que Belle allumait la lumière et écartait la couverture. J'avais envie que cet instant dure le plus longtemps possible.

Je le déposai à regret sur le lit, et Belle commença à le déshabiller.

— Va te servir un verre au salon pendant que je m'occupe de lui, chuchota-t-elle.

Au rez-de-chaussée, je sortis sur la terrasse pour respirer un peu d'air frais. Je contemplai les lumières de Nice et de la côte qui brillaient au loin. Ma respiration se calma peu à peu, mais l'émotion que cet enfant avait éveillée faisait désormais partie de moi. Elle ne me quitterait plus, et je l'acceptais.

13.

Belle

Après avoir bordé Cai, je rejoignis Alexi au salon.

Où était Jessie ? J'avais besoin d'elle pour ne pas me retrouver seule avec lui.

Il s'était comporté merveilleusement avec mon fils… *Notre* fils, plus exactement. J'avais encore du mal à partager. Il avait répondu aux questions de Cai avec beaucoup de tact et de gentillesse, comme peu de gens savent le faire quand ils s'adressent à des enfants.

En les voyant tous les deux, je m'étais remémoré non sans mélancolie de beaux souvenirs d'Alexi et Remy.

Malgré sa retenue et son autorité naturelles, Alexi s'était toujours comporté en frère dévoué et attentionné. Il serait pareil avec son fils.

J'éprouvais une joie immense à observer le lien qui se créait entre eux, pendant qu'ils parlaient de voitures ou couraient sur la plage. En même temps, je restai sur mes gardes, avec un mélange de regret, de confusion et… aussi de crainte.

Je devais me montrer prudente. La relation d'Alexi avec son fils ne changeait rien au climat explosif entre nous.

Dès que j'aperçus sa silhouette de dos, accoudée à la balustrade devant les lumières du crépuscule, un frisson courut sur ma peau. J'avais beau lutter contre, l'alchimie était toujours là, incroyablement intense. Elle ne s'était pas dissipée depuis la veille. Un regard de lui suffisait à m'embraser, à mon corps défendant.

— Tu veux boire quelque chose ? demandai-je.

Il se retourna en secouant la tête.

Je me mis à trembler. Malgré la douceur de la soirée, j'incriminai la brise qui soufflait par la fenêtre ouverte.

J'aurais dû rejoindre Alexi, lui parler, le remercier. Mais je ne me faisais pas assez confiance pour m'approcher. En me dirigeant vers le buffet pour me servir un verre, je remarquai une feuille de papier, sur la table, avec mon nom dessus.

Je la dépliai. C'était un mot de Jessie.

Salut !

J'espère que Cai, Alexi et toi avez passé ensemble une super journée. J'ai improvisé à la dernière minute un petit voyage à Paris pour visiter enfin la Ville lumière et réaliser mon rêve !

Je serai rentrée avant que tu retravailles – fais-moi signe si tu as besoin de moi avant.

Alexi m'a paru quelqu'un de bien. En plus, il est très sexy ! Tu seras certainement plus tranquille sans ta vieille cousine dans les pattes.

Tu me remercieras plus tard.

Jess

Je chiffonnai le papier nerveusement.

Oh ! Jess, qu'as-tu fait ?

Ma cousine n'était pas vieille du tout. Elle était même plus jeune que moi ! Elle m'aurait rendu un fier service en restant ici à un moment où j'avais grand besoin de soutien. Je risquai un regard à la dérobée en direction d'Alexi, fier, invincible et… Oui, terriblement sexy.

En m'abandonnant à mon sort, ma cousine se liguait avec mon ennemi et m'encourageait sur la voie de la folie. Depuis la veille, j'avais conscience de glisser sur une pente très dangereuse, sans frein pour me retenir.

Tandis que je m'efforçais de contenir mon affolement, Alexi se retourna, comme s'il percevait mon combat intérieur et avait décidé d'intervenir.

Il me déshabilla du regard, littéralement.

— Cesse de te cacher, Belle, et viens ici.

Il me considérait crûment, avec une expression tourmentée.

Je m'approchai d'un pas chancelant. Mes jambes me portaient à peine.

Quand j'arrivai près de lui, il posa une paume contre ma joue.

— Où est ta cousine ?

Il avait apparemment remarqué l'absence de Jessie et l'atmosphère électrique…

— Euh… Elle m'a laissé un mot, bredouillai-je, de plus en plus embarrassée quand il se pencha vers moi.

— Pour dire quoi ? demanda-t-il tout contre ma bouche.

Je retins un sanglot quand ses lèvres glissèrent le long de mon cou en frottant doucement ma peau dans un rythme érotique. Un vertige m'emporta.

— Elle… Elle est partie à Paris, répondis-je faiblement.

Il se redressa un peu et enfouit les doigts dans mes cheveux.

— Très bien.

Il m'embrassa avec une passion sauvage qui m'ôta toute résistance. Puis il me souleva sous les aisselles.

— Noue les jambes autour de ma taille, commanda-t-il.

J'obtempérai, incapable de lutter contre le tsunami qui m'emportait.

J'étais choquée et un peu effrayée par la rapidité de sa réaction. Étourdie, presque hébétée, je n'élevai aucune objection. Pendant qu'il montait à l'étage, je m'accrochai même à son cou sans protester. Un flot de sensations me submergeait, me privant de mes forces.

— Où est ta chambre ? demanda-t-il d'une voix altérée.

Je lui indiquai muettement une porte. J'étais incapable de prononcer un son. Plus rien ne comptait, que le désir qui m'embrasait.

Alexi ouvrit et referma d'un coup d'épaule, puis me déposa sur mes pieds.

Je retins mon souffle pendant qu'il tirait mon T-shirt par-dessus ma tête et dégrafait mon soutien-gorge. Il prit mes seins dans ses paumes, pétrissant avidement la chair tendre, puis captura une pointe dressée entre ses lèvres.

Je poussai un cri qui retentit dans le silence de la nuit et s'échappa par les fenêtres ouvertes. Le bruit d'une fermeture Éclair résonna à mes oreilles, presque aussi fort que nos respirations haletantes. Mon short tomba par terre, et Alexi déchira mon string.

— Je ne peux pas attendre. J'ai besoin d'être en toi…

Pour la première fois, je percevais dans son ton d'excuse une légère incertitude, en même temps qu'une note désespérée.

Mon désir en fut éperonné.

— J'en ai besoin aussi, chuchotai-je.

Il empoigna mes hanches et me tourna vers le lit. Tout en baissant son pantalon, il chercha quelque chose dans son portefeuille. Je compris qu'il mettait un préservatif.

Je tremblais tellement sur mes jambes qu'il raffermit son emprise pour me stabiliser. Son souffle chaud, dans mon dos, me donnait la chair de poule.

Ses doigts explorèrent la moiteur de mon sexe, jusqu'à mon clitoris gonflé. J'arquai les reins tandis que le plaisir montait, irrépressible.

— *Grazie Dio*, murmura Alexi sur ma nuque.

Il semblait aussi torturé que moi.

Tout en accentuant ses caresses, il plongea en moi et un frisson violent me secoua.

— Non ! s'écria-t-il.

Il se retira aussitôt, m'arrachant un gémissement de déception.

— Ne jouis pas tout de suite, *bella*. Attends-moi.

— Je ne peux pas, protestai-je dans un sanglot.

Je me sentais sur le fil du rasoir, tout près de sombrer.

— Si, retiens-toi, commanda-t-il.

Il me pénétra de nouveau, très lentement, et je luttai contre la vague inexorable qui m'ébranlait chaque fois qu'il bougeait. Tout tournait dans ma tête, des étincelles dansaient sous mes paupières, mais je résistai tant bien que mal.

Le rythme hypnotique de ses va-et-vient finit par avoir raison de moi. La sueur perlait sur ma peau, je n'avais plus conscience de rien, que de la présence d'Alexi au creux de mon ventre, au plus profond. Impitoyablement, il chercha le point sensible connu de lui seul, amenant le supplice à son paroxysme.

Incapable de supporter plus longtemps ce tourment exquis, je m'abandonnai à l'explosion d'un orgasme inouï. Mes gémissements se muèrent en cris tandis qu'un maelström nous dévastait littéralement tous les deux, dans un accord parfait.

Ce fut si intense que cela me sembla durer une éternité.

Finalement, Alexi retomba en roulant sur le côté pour ne pas m'écraser, un bras autour de ma taille.

Nous restâmes ainsi très longtemps, sans bouger, lovés l'un contre l'autre. Je sentais les battements de son cœur dans mon dos et son souffle sur mon cou. Une émotion incontrôlable me piquait les yeux.

Tandis qu'il me tenait serrée contre lui, un sanglot monta brusquement en moi, du plus profond de mon être. Je me mordis la lèvre jusqu'au sang pour le refouler. Je ne voulais pas m'effondrer devant lui, exposer ma vulnérabilité.

Il m'embrassa au creux de l'épaule en resserrant son étreinte, et le nœud, dans ma gorge, devint encore plus douloureux.

— *Non piangere, bella*, murmura-t-il.

« Ne pleure pas. »

Je cillai vivement les paupières, heureuse de pouvoir dissimuler mon expression.

— Je ne pleure pas, l'assurai-je d'une voix tremblante.

— *Bene.*

Il pressa encore une paume sur mon dos, puis me lâcha comme à regret et se leva en tirant la couette sur moi.

Je le suivis des yeux quand il se dirigea vers la salle de bains. Le clair de lune jetait des reflets argentés sur son corps sculptural. Subjuguée par sa beauté, j'essayais de maîtriser ma réaction. Un instinct purement physique, presque animal, me poussait vers Alexi. Je ne contrôlais plus rien, mais je tentai de me rassurer. Ma libido était un signe de bonne santé qui n'affectait pas mon équilibre émotionnel…

En revenant, Alexi ne se rhabilla pas, mais se recoucha contre moi et m'enlaça. De nouveau, je faillis fondre en larmes. Que m'arrivait-il ?

J'étais décontenancée parce que je m'attendais à ce qu'il s'en aille. J'étais aussi désemparée par ce geste tendre, surtout venant de lui.

Je scrutai son expression dans la demi-pénombre, mais elle demeurait impénétrable. À quoi pensait-il ? Que ressentait-il ?

Finalement, je cessai de m'interroger. Quelle importance ? Il ne m'avait fait aucune promesse. Je ne lui demandais rien non plus.

— Il serait préférable que tu ne restes pas, déclarai-je avant de me laisser envahir par le bien-être.

Il me caressa la joue.

— Pourquoi ?

Que répondre ? Me croirait-il si je prétendais que je voulais en rester là, m'abstenir à l'avenir de céder à mes pulsions ? Il comprendrait que j'avais peur de devenir dépendante, physiquement et émotionnellement.

J'avais une fois de plus capitulé devant Alexi. Quand apprendrais-je à maîtriser mes élans ? Je ne devais pas entretenir de faux espoirs. Entre nous, l'attirance sexuelle ne durerait pas éternellement. Le désir d'Alexi s'éteindrait sans doute avant le mien.

À ma connaissance, il n'avait jamais eu de liaison durable avec une femme Mais il avait eu beaucoup de maîtresses. L'alchimie qui existait entre nous n'avait rien d'extraordinaire ou de nouveau pour lui, comme pour moi. Ses conquêtes féminines défrayaient la chronique dans la presse people et sur les blogs. Il se comportait en séducteur et se lassait très vite.

Je devais absolument me préserver…

Je lui donnai une explication neutre et factuelle.

— Cai déboule souvent à l'aube dans ma chambre. Ce serait gênant qu'il te trouve demain matin.

Alexi se mit à rire.

— Donc, notre fils est un lève-tôt. Comme moi !

Je souris malgré moi. Pourquoi réussissait-il toujours à m'attendrir ? C'était dangereux, surtout après le moment fabuleux que nous venions de partager.

Il pressa un baiser sur mon front.

— Dors, *bella notte*. Sois sans crainte, je serai parti avant l'aube. Mais j'ai envie de te tenir dans mes bras.

— Pourquoi ?

La question avait franchi mes lèvres trop vite, et je ne pouvais plus la rattraper. Pourvu tout de même qu'elle ne trahisse pas le fol espoir que ses paroles avaient fait naître…

— Tu m'as donné un enfant magnifique, Belle. C'est ma façon à moi de te remercier.

Sa sincérité et sa gratitude me bouleversèrent. J'enfouis mon visage contre son épaule pour cacher ma rougeur.

— Cai est la plus belle chose qui me soit arrivée, murmurai-je. Je devrais moi aussi te remercier.

Il prit mon menton entre ses doigts pour m'obliger à redresser la tête et plongea son regard dans le mien. Il y avait tant de désir dans ses yeux bleus que je frissonnai.

— Pour cette fois-ci, je m'en irai avant le lever du soleil. Mais je veux dormir avec toi la nuit, et nous n'avons aucune raison d'en faire un secret. Tu dis toi-même que Cai est un enfant intelligent. Il s'adaptera d'autant plus que je fais désormais partie de sa vie. Nous avons des affinités sensuelles, toi et moi. Ce serait dommage de ne pas profiter de cette belle harmonie, tant que cela dure.

Tant que cela dure...

Je ne pus m'empêcher de buter sur ces derniers mots. Alexi imaginait déjà un terme à notre relation. Cela m'attristait, même si cela ne me surprenait pas.

— Tu n'es pas d'accord ? ajouta-t-il doucement, sur un ton très pragmatique.

Alexi me demandait de devenir sa maîtresse. Pour un temps limité. Pouvais-je accepter la perspective d'être tôt ou tard reléguée dans l'oubli et remplacée par une autre ? Sachant que je continuerais à le voir puisque nous élèverions notre fils ensemble...

Il attendit patiemment tout en me caressant le bras. Devant son air déterminé, ma peur diminua un peu, remplacée par un désir cru.

Alexi était le seul homme que j'avais aimé, le seul à qui je m'étais jamais offerte. C'était le père de mon enfant et le frère de mon meilleur ami, qui me manquait encore tellement...

J'avais déjà perdu Alexi une fois et j'avais survécu.

L'épreuve m'avait rendue plus forte, et qui sait s'il ne subsistait pas un frêle espoir de bonheur ?

En tout cas, j'avais terriblement envie de lui dans mon lit. Je voulais aussi percer le mystère qui l'entourait et le connaître intimement. Car il ferait de toute façon partie de ma vie et de celle de Cai.

Je posai une main sur ton torse.

— Si, je suis d'accord.

Il parut soulagé, comme s'il avait douté de ma réponse. Flattée dans mon orgueil, j'accueillis son baiser avec ferveur.

— *Mille grazie, bella notte*, souffla-t-il contre mes lèvres.

Je me blottis douillettement contre son cœur. Tant que je ne commettrais pas la sottise de tomber de nouveau amoureuse de lui, tout irait bien, me dis-je en sombrant dans un sommeil délicieusement érotique.

14.

Alexi

— Cet enfant est ton fils, n'est-ce pas ?

Je me tournai vers mon ami, Dante Allegri, en fronçant les sourcils. Sa question m'ennuyait et pourtant je m'y attendais depuis que j'avais franchi les grilles de sa Villa Paradis avec Belle et Cai, pour son barbecue annuel.

— Tu es un fin observateur, Dante, murmurai-je avec raideur.

Je tentai de distraire son attention en souriant à sa fille Celeste, perchée sur sa hanche, qui me fixait de ses grands yeux vert doré.

Elle ressemblait énormément à sa mère, Edie Trouvé, que mon ami avait épousée deux ans auparavant. J'éprouvais une jalousie bizarre, incompréhensible.

Il est vrai que j'avais autrefois flirté avec Edie, à l'époque où je jouais au poker dans le casino que Dante possédait à Monaco. Mais elle ne s'intéressait qu'à Dante et avait repoussé mes avances. Je n'avais pas insisté et m'étais vite consolé, avec une femme dont je n'avais d'ailleurs gardé aucun souvenir.

Je cherchai Belle du regard. Edie lui tenait compagnie. À côté d'elle, Cai montrait à un petit garçon une voiture que je lui avais offerte le matin même.

Tout en observant les deux jeunes femmes, j'essayai d'analyser la pointe de jalousie que j'avais ressentie.

Toujours très belle, Edie était vêtue d'une élégante robe bleue qui laissait deviner sa grossesse. Dante m'avait annoncé un peu plus tôt qu'elle était enceinte. Elle avait l'air totalement épanouie.

Même si je l'avais désirée autrefois, cela n'avait jamais vraiment compté, comme pour toutes les autres femmes qui s'étaient succédé dans mon existence jusqu'à mes retrouvailles avec Belle.

Mon regard se posa sur celle qui était en train de bouleverser ma vie. Nous partagions nos nuits depuis trois semaines déjà, et la passion, entre nous, était toujours aussi intense et débridée.

Je dévorai des yeux les courbes de sa silhouette, mises en valeur par une toilette de grand couturier. Les gros coquelicots imprimés sur le tissu s'accordaient parfaitement à la couleur de ses cheveux. Elle resplendissait.

C'était notre dernière sortie avant que Belle commence à travailler. Je partirais de mon côté en Angleterre pour le Grand Prix, et cette perspective me plongeait dans une certaine agitation.

Les souvenirs de la dernière nuit affleurèrent à ma mémoire. Après avoir bordé Cai, comme tous les soirs, nous nous étions retirés dans la chambre de Belle. Je ne me lassais pas d'explorer les replis les plus secrets de son corps et de son sexe. J'avais la chair de poule rien qu'en me remémorant ses gémissements et ses cris de plaisir.

Je secouai la tête pour chasser les images qui m'obsédaient. *Dio !* Que m'arrivait-il ? Pourquoi mon désir ne diminuait-il pas en intensité ? Pourquoi avais-je l'impression d'être submergé par quelque chose qui me dépassait ?

— Si c'est ton fils, pourquoi ne l'as-tu pas reconnu ? me demanda Dante sans dissimuler son étonnement.

Il avait une expression accusatrice qui réveilla ma culpabilité. Cela faisait maintenant plusieurs mois que j'avais découvert ma paternité. Mon fils et moi avions d'excellentes relations et passions beaucoup de temps ensemble. Je l'emmenais à la piscine et au karting, et j'habitais pratiquement chez eux. Je retournais seulement chez moi quand une affaire urgente me réclamait.

Cai parlait beaucoup, et sa conversation me fascinait. Il me rappelait énormément Remy, tout en possédant une personnalité propre, avec des goûts bien à lui.

Il était grand temps que je lui dise qui j'étais. Belle n'y verrait sans doute pas d'objection. Je la soupçonnais même de nourrir une certaine impatience.

J'hésitais pourtant encore, pour des raisons qui avaient plus à voir avec sa mère qu'avec lui.

— Ce n'est pas aussi simple que cela, répondis-je à mon ami qui ne sembla pas convaincu.

— Quand as-tu appris que tu avais un fils ? reprit-il, visiblement choqué par mon comportement.

— Qui te dit que je ne l'ai pas toujours su ?

— Je te connais mieux que tu ne crois, Alexi. Tu fais comme si tu n'avais pas de morale, mais tu serais incapable d'ignorer la chair de ta chair. J'ai aussi remarqué la façon dont tu couves sa mère du regard. Tu n'as jamais fait cela avec personne.

Sa remarque me fit l'effet d'un coup de poing car il mettait le doigt sur une vérité que je refusais d'admettre. Et cela expliquait précisément pourquoi je n'avais pas encore reconnu mon fils.

J'avais peur.

Peur qu'en assumant pleinement ma paternité, Belle ne me devienne encore plus nécessaire.

Mon désir pour elle ne diminuait pas. Plus nous passions de temps ensemble, comme parents et comme amants, plus notre lien se renforçait, nourrissant mon désir.

Je détestais dépendre de quelqu'un.

Depuis la mort de mon frère – et même avant —, je

refoulais sévèrement mes émotions, en particulier avec les femmes.

Je ne souhaitais pas me conduire ainsi avec mon fils. Par égard pour moi-même, mais aussi pour Remy, je voulais qu'il soit un être plus heureux et accompli que nous l'avions été, sans aucune des cicatrices qu'on nous avait infligées. Avec l'aide de Belle, je savais que je pouvais être un bon père.

En même temps, je craignais d'exposer mes faiblesses devant Belle. En me montrant vulnérable, je risquais de souffrir… Comme le jour où ma mère était montée dans la voiture de son amant et nous avait abandonnés sans un regard en arrière. Pourquoi donnerais-je à Belle ce pouvoir sur moi ? Mes relations avec mon fils ne dépendaient pas d'elle. Je ne lui avais jamais fait aucune promesse, et elle ne m'avait pas demandé de m'engager.

— Tu es très perspicace et tu as raison, murmurai-je à Dante.

De nouveau, une obscure sensation d'envie m'envahit. Quelque chose me tourmentait, que je ne comprenais pas.

Je plantai là mon ami interloqué et traversai la pelouse pour rejoindre Belle et mon fils. Cai lâcha aussitôt la main de sa mère pour se précipiter dans mes bras.

— J'ai montré la Galanti X à Jean-Claude ! s'écria-t-il. Il la trouve trop cool.

— Bien sûr !

Je croisai le regard de Belle.

— Je voudrais te parler une minute. Avec Cai.

Elle rougit violemment tandis qu'Edie lui adressait un clin d'œil.

— Je te l'avais dit !

Apparemment, j'avais fait les frais de la conversation… Puis la femme de Dante se tourna vers moi.

— Si vous voulez être tranquilles, il y a un escalier qui descend vers une crique, derrière la pagode japonaise.

Dante et moi allons toujours là-bas quand nous voulons être seuls.

Je hochai la tête, installai Cai sur mes épaules et pris la main de Belle. En arrivant sur la petite plage, je déposai l'enfant sur le sable et lui ôtai ses chaussures.

— Tu peux te tremper les pieds, mais pas davantage, lui dis-je. C'est compris ?

— Oui, Alexi !

Il courut aussitôt vers l'eau avec enthousiasme.

— Qu'y a-t-il, Alexi ? demanda Belle d'un air soucieux.

— Rien de grave. Je veux simplement ta permission pour dire à Cai qui je suis. J'en ai assez qu'il m'appelle Alexi.

— Je suis d'accord. Il sera très content, je pense. Mais pourquoi maintenant ?

Parce que je ne veux plus me conduire comme un lâche. Je serai bientôt obligé de rompre avec toi. Avant de te redonner ta liberté, je dois faire ce qui s'impose.

Comme je ne pouvais pas lui dire toute la vérité, je choisis la raison la plus avouable.

— Je suis fatigué de ne pas pouvoir t'embrasser et te toucher devant lui.

Sans lui laisser le temps de protester, je la pris dans mes bras. Elle tressaillit mais ne se déroba pas à mon baiser. Comme chaque fois, la passion nous emporta.

— Pourquoi tu embrasses maman ?

Je m'écartai en entendant la voix de Cai qui nous observait avec curiosité, la tête penchée. Belle s'accroupit pour lui parler d'un ton coupable.

— Tout va bien, Cai, n'aie pas peur. Alexi et moi…

— Chut, Belle, laisse-moi lui expliquer, coupai-je en posant une main sur son épaule

Je m'agenouillai à côté de Cai.

— J'embrasse ta mère parce que j'aime beaucoup cela, dis-je.

Il plissa le nez.

— Pourquoi ?

— C'est quelqu'un de très spécial pour moi…

Je m'interrompis quelques secondes, le temps de surmonter mon appréhension.

— Parce que c'est la mère de mon fils.

Quand Cai fronça les sourcils, je dus admettre que mon explication manquait de clarté pour un enfant de quatre ans.

— Tu es mon fils, Cai, et je suis ton père. Je regrette de ne pas avoir fait partie de ta vie plus tôt, mais je le souhaite désormais, pour très longtemps.

Il écarquilla les yeux et lança un regard interrogateur à Belle, qui hocha la tête avec émotion.

— Tu es mon papa ? s'écria-t-il.

— Oui.

— Je peux t'appeler papa ?

— Bien sûr.

— Je peux le dire à Imran ? Son papa n'a pas de voitures de course, ajouta-t-il avec une fierté qui m'alla droit au cœur.

— Tu peux lui dire, et nous allons l'annoncer ensemble à tout le monde, répondis-je en le serrant dans mes bras.

Quand je le lâchai, il me posa une autre question, très sérieusement.

— Peux-tu encore embrasser maman, pour me donner un petit frère, comme Imran ?

Je faillis m'étrangler, davantage choqué par ma réaction que par sa requête. Car je me découvrais l'envie d'avoir d'autres enfants avec Belle. Ma jalousie envers Edie et Dante s'éclairait…

J'avais de quoi être terrifié, s'il ne s'agissait pas que de sexe entre Belle et moi…

Je comprenais la nature des liens qui m'attachaient à mon fils, et avant lui à mon frère. Ces liens du sang exigeaient de moi honneur, loyauté et fidélité.

Mais j'étais incapable de nouer une relation durable avec une femme, même avec Belle. Jamais je ne m'y risquerais. J'avais trop peur de souffrir après l'abandon maternel dont j'avais été victime.

Une peur panique s'empara de moi. Je ne pouvais pas accorder à Belle une telle importance, un pouvoir aussi grand…

— Cai, cesse d'être impertinent, commanda Belle, écarlate.

— Pourquoi c'est impertinent ? Imran dit que c'est ce qui arrive quand un papa et une maman s'embrassent trop.

Je réprimai un rire, mais la terreur de mon enfance s'était réveillée et je ne parvenais plus à m'en débarrasser. Je redevenais malgré moi le petit garçon terrassé par le chagrin après avoir vainement supplié sa mère de rester.

— C'est impertinent parce que tu embêtes Alexi.

— J'ai le droit, maintenant. C'est mon papa, insista-t-il en s'accrochant à mon cou.

Je me relevai avec lui.

— Tu dois quand même continuer à obéir à ta maman, murmurai-je.

Quand nous rejoignîmes nos hôtes et les invités sur la pelouse, j'annonçai la nouvelle à tout le monde. Dans mon for intérieur, un profond malaise tempérait ma joie et mon amour-propre, avec une affreuse sensation de solitude.

Nous ne formerions jamais une vraie famille. Le vœu de Cai ne s'accomplirait pas. Il n'aurait jamais de petit frère ou de petite sœur, parce que je ne pouvais pas m'exposer au risque d'une trahison comme celle qui m'avait autrefois dévasté.

Je me résignai donc à la seule conclusion qui s'imposait. Dès ce soir, je romprais le lien qui m'attachait à la mère de mon fils.

15.

Belle

Je souris à Alexi tandis qu'il garait la Galanti GL8 sous la villa. Un événement extraordinaire, fabuleux, s'était produit au barbecue des Allegri. Une chose totalement inattendue qui me comblait de joie. Les sentiments que je refoulais à grand-peine, non seulement depuis trois semaines, mais depuis cinq longues années, pouvaient enfin exploser au grand jour.

Alexi avait parlé à Cai avec tant de tendresse, d'humour et de compréhension que le mur qui nous séparait encore avait fini par s'effondrer. Et le regard qu'il m'avait lancé en annonçant la nouvelle à tout le monde m'avait réjoui le cœur.

Je ne me rendais pas compte à quel point j'espérais cet heureux dénouement, surtout ces derniers temps. Nous nous entendions si bien… Nous vivions des nuits merveilleuses et, en journée, nos sorties familiales se déroulaient dans une harmonie parfaite.

Edie Allegri, avec qui je m'étais tout de suite liée d'amitié, avait été la première à me féliciter. C'était une femme d'une grande beauté et pleine d'assurance. Son mari la couvait du regard. Manifestement, ils s'adoraient. Depuis que j'avais bavardé avec Edie, je ne cessais de repenser à ce qu'elle m'avait dit avant qu'Alexi nous rejoigne.

— *C'est bizarre, jusqu'à maintenant je trouvais Alexi*

charmeur et amusant, mais assez superficiel et désinvolte. Son succès à la Super League m'a toujours étonnée parce qu'il a l'air de se moquer de tout.

Je ne reconnaissais pas Alexi dans sa description. Malgré sa réputation de play-boy volage, c'était un brillant homme d'affaires dont toutes les entreprises étaient couronnées de succès… Je l'avais défendu de mon mieux.

— *Il prend la course automobile très au sérieux…*

— *Vous aussi, il vous prend très au sérieux, avait répliqué Edie aussitôt. Infiniment plus que toutes celles qu'il nous a présentées. Et il a noué un lien très fort avec votre fils.*

Désolée de devoir mentir sur la nature de ses relations avec Cai, j'avais murmuré une platitude sur sa gentillesse…

Ensuite, la situation avait évolué très vite en l'espace d'un après-midi ! Si j'avais conquis une place dans la vie d'Alexi, j'avais réalisé mon rêve le plus cher.

En reconnaissant publiquement sa paternité, Alexi m'accordait une légitimité que je n'espérais plus. L'intimité et la passion grandissantes entre nous pourraient s'épanouir au grand jour.

Lorsque Cai avait évoqué l'arrivée d'un bébé, l'éclair qui s'était allumé dans les yeux d'Alexi m'ouvrait des perspectives inattendues.

Désirait-il autant que moi fonder une vraie famille ? Était-ce possible ?

Je m'étais formellement interdit d'y songer pour ne pas être déçue le jour où mes belles illusions se fracasseraient contre la réalité. Mais nous venions de franchir un pas important. L'horizon se dégageait et se teintait enfin des couleurs de l'espérance.

Alexi coupa le contact, et je posai une main sur son bras.

— Merci pour cette journée… vraiment magnifique ! Qui restera marquée d'une pierre blanche pour Cai et moi.

— Tant mieux, répliqua-t-il sur un ton étrangement détaché.

Je chassai un soupçon d'inquiétude. Alexi n'était jamais très démonstratif…

Il se tourna vers la banquette arrière, où Cai s'était endormi, sa petite voiture serrée entre ses doigts.

— Mettons-le au lit, dit Alexi.

Un frisson de joie courut sur ma peau. Un rituel immuable s'était établi au cours des trois dernières semaines. Dès que nous avions couché Cai, nous nous retirions dans ma chambre, où Alexi me déshabillait avec une impatience d'autant plus grande que nous gardions nos distances pendant la journée.

Maintenant que nous n'étions plus tenus au secret, cette urgence fébrile me manquerait peut-être !

Je souris à cette pensée tout en embrassant Cai dans son lit. La passion, entre Alexi et moi, serait toujours au rendez-vous. En sortant dans le couloir, je voulus prendre l'initiative et me pressai fébrilement contre lui en l'enlaçant par le cou.

Sa réaction me stupéfia.

Il me repoussa.

— Non, Belle. Pas ce soir.

— Pourquoi ? demandai-je, choquée.

Il pressa doucement mes poignets avant de les lâcher, puis recula d'un pas en se passant les doigts dans les cheveux.

— Je dois m'en aller. J'ai un vol pour Londres de bonne heure. Et tu commences ton travail demain chez Galanti.

— Ah oui…

Il se levait de toute manière très tôt tous les matins pour éviter que Cai ne nous surprenne au lit. Moi qui me faisais une joie de ne plus avoir à me cacher, quelle déception ! Je fis contre mauvaise fortune bon cœur et m'efforçai de plaisanter.

— Tu as raison. La productivité avant tout ! Un bon patron doit s'abstenir de coucher avec une employée la veille de ses débuts dans l'entreprise !

Je me hissai sur la pointe des pieds pour lui voler un baiser, en espérant lui donner des regrets. Il se déroba de nouveau, étrangement sur ses gardes.

— Je vais être plus clair, Belle, puisque tu ne comprends pas.

Son expression rigide commençait à m'effrayer…

— Il ne s'agit pas uniquement de ce soir. Nous allons cesser de nous voir. C'est fini entre nous.

— Comment ?

Je secouai la tête, certaine d'avoir mal entendu. Ce n'était pas possible !

— Tu vas travailler pour moi, Belle. Je ne peux pas avoir une liaison avec une employée… Aussi séduisante soit-elle, ajouta-t-il avec un regard que je trouvai insultant.

— Mais…

Mais je ne suis pas une simple employée. Je suis la mère de ton fils et je t'aime.

L'aveu me déchira intérieurement, au plus profond. C'était la première fois que j'avais le courage de me dire la vérité. Mais je me tus. Comme dans le passé, j'avais bien trop peur de me heurter à un rejet. Il m'avait fallu si longtemps pour cicatriser, la première fois. Ce serait pire maintenant que la blessure s'était rouverte…

— Mais quoi ? lança-t-il. Tu n'es plus une enfant. Tu as connu d'autres hommes. Rien n'est éternel, tu le sais bien.

Non, je n'ai jamais connu d'autres hommes. Et je ne veux pas savoir comment cela se passe entre toi et tes maîtresses. Je croyais que j'étais différente, que tu tenais à moi.

Ma supplication s'étrangla dans ma gorge. Glacée de douleur et d'humiliation, je fis de mon mieux pour ne rien montrer. Je ne voulais pas être anéantie, comme autrefois. Je ne pouvais pas me le permettre parce que j'avais un fils.

Nous avions un fils.

Je me raccrochai désespérément à cette idée pour ne pas sombrer dans le désespoir.

Des larmes acides me brûlaient les yeux. Je cillai rapidement les paupières pour les chasser et figeai un sourire de façade sur mes lèvres.

Ne craque pas devant lui. Ton orgueil est tout ce qui te reste.

Dieu merci, je ne lui avais jamais fait de confidences sur ma vie sentimentale. Sinon, je me serais sentie encore plus fragile.

— D'accord, déclarai-je d'une voix aussi légère et détachée que possible. Tu me feras savoir quand tu voudras garder Cai. Nous nous organiserons pour fixer des règles.

— Etienne s'en chargera, répondit-il en me scrutant jusqu'aux tréfonds de l'âme. Je vous appellerai tous les deux à mon retour de Londres pour prendre rendez-vous.

Il se dirigea vers l'escalier.

— Ne te dérange pas, je connais le chemin.

La porte d'entrée se referma, et je contins encore mes pleurs pour suivre des yeux, par la fenêtre, la voiture qui longeait la corniche. Quand les feux arrière disparurent derrière un virage, je me jetai sur le lit et éclatai en sanglots.

16.

Un mois plus tard

Alexi

Cai éclata de rire quand nous fûmes tous les deux aspergés de champagne avec les pilotes de la Team Galanti, René Galoise et Ludovic Seveny, qui venaient de remporter les premières places du Grand Prix d'Italie. Nous étions tout près du podium, et l'enfant ne se tint plus de joie lorsque les deux coureurs lui firent un *high-five*. J'étais très content aussi, mais je ne pouvais pas m'empêcher de chercher sa mère dans la foule.

Où se cachait-elle ? Elle était forcément là. J'avais insisté pour que le personnel du secteur recherche et développement assiste à la course. Tout le monde était également invité à fêter l'événement dans un restaurant du centre de Milan. En réalité, il n'y avait qu'une seule personne que j'avais envie de voir.

Belle.

— Papa, papa, je pourrai venir à la soirée ? demanda Cai en prenant mon visage entre ses mains pour avoir toute mon attention. René a dit oui.

— Je crains que non. Tu devras rester à l'hôtel avec Carly.

J'avais engagé une bonne d'enfants pour s'occuper de Cai lorsqu'il était avec moi. Cai l'adorait et ne rechignait jamais à passer une soirée en sa compagnie, les rares fois où je devais m'absenter. Ce jour-là, il essaya de fléchir ma volonté.

— Mais papa, j'ai envie d'y aller.

Je me blindai pour résister à sa moue implorante et éviter le caprice qui n'allait pas tarder. Cai avait passé toute la journée avec moi sur le circuit, à manger des glaces et se gaver de bonbons. J'avais tendance à trop le gâter. Il y avait généralement un prix à payer ensuite.

Mais il n'était pas question de l'emmener ce soir. Nous serions entre adultes. De plus, je voulais parler à sa mère que je n'avais pas vue depuis plus d'un mois, la nuit où je l'avais quittée brutalement.

Depuis mon retour de Londres, elle s'arrangeait pour ne jamais être à la villa quand je venais chercher Cai ou le raccompagnais. Au travail, je l'évitais délibérément.

Je n'avais pas complètement menti en prétextant que je ne voulais pas compliquer nos relations professionnelles. Mais ce n'était plus d'actualité. Mon point de vue avait évolué.

Elle me manquait trop. Beaucoup plus que je n'avais imaginé. Je regrettais nos nuits torrides, mais aussi le temps que nous partagions avec Cai – elle était certainement plus douée que moi pour désamorcer ses caprices. J'avais aussi besoin de son sourire, sa douceur, son intelligence, sa vivacité… La liste était tellement longue !

Je voulais la retrouver dans mon lit et dans ma vie. Néanmoins, je m'interdisais de l'approcher sur le lieu de travail. Franchir cette ligne lui rendrait la situation inutilement difficile. D'après mon directeur du secteur recherche et développement, Ben Allison, les travaux de

Belle avançaient bien. Il aurait été dommage de compromettre la sérénité de son esprit et la réussite de ses efforts. J'avais malgré tout enfreint ma règle de conduite pour lui envoyer un mail et l'inviter à Milan.

J'avais rompu trop tôt. Uniquement par peur, alors qu'il était possible de poursuivre notre relation discrètement en dehors de la sphère professionnelle. Je ne supportais pas la frustration.

Orgueilleux de nature, je ne voulais cependant pas faire le premier pas. J'avais manœuvré pour que ce soit elle qui se manifeste. Je pensais qu'elle essayerait de voir son fils dès son arrivée sur le circuit. Elle s'était abstenue, et j'en étais dépité...

Je tapai un texto pour Pierre.

Belle Simpson est-elle bien montée à bord du jet Galanti ce matin avec le reste du personnel ?

La réponse arriva peu après.

Oui, Alexi, elle est ici... Quelque part. Je l'ai vue tout à l'heure en train de parler à Renzo Camaro et un de ses techniciens.

Je réprimai un mouvement de colère en rempochant mon portable. De toute façon, je la verrais à la soirée. J'avais toute la nuit pour la reconquérir.

Cai se mit à pleurnicher en se frottant les yeux. Il était fatigué. Je décidai de le ramener à l'hôtel.

J'étais furieux contre moi-même. Comment avais-je pu penser que Belle viendrait au-devant de moi alors que je l'avais traitée aussi durement ? Son amour-propre avait trop souffert.

Je me promis de corriger mon erreur en montrant à Belle que je la respectais. Puisque j'avais eu tort de rompre prématurément, je ferais amende honorable.

L'accès de passion et de possessivité viscérale qui m'avait terrifié un mois plus tôt me faisait moins peur. J'avais prouvé que j'étais capable de vivre sans Belle.

Mais pourquoi me priver d'elle si rien ne m'y obligeait ?

17.

Belle

— Tu es ravissante, Belle, ce soir.

Renzo ne demandait qu'à flirter. Une part de moi-même regrettait de ne pas en avoir envie.

Habillé d'un costume gris de haute couture, il était très beau, grand, brun, italien… Même la cicatrice sur sa joue ajoutait à son charme viril. Il avait toujours été extrêmement gentil avec moi, à la fois comme employeur et comme ami. Malheureusement, il ne me faisait pas vibrer.

Je forçai malgré tout un sourire de coquetterie sur mes lèvres. J'étais déterminée à me laisser tenter.

Cela faisait un mois qu'Alexi m'avait quittée, et j'en avais assez de me lamenter sur mon sort. Une fois de plus, j'avais été stupide de me projeter dans l'avenir.

Il m'avait anéantie, dévastée. Par ma faute. Je m'étais investie imprudemment dans une relation qui ne comptait pas pour lui… Ce soir, Alexi aurait sans doute un top model à son bras pour fêter la victoire de la Team Galanti. Je ne voulais pas lui montrer combien sa rupture m'avait affectée.

J'avais beaucoup pleuré, la nuit où il était parti. Mais il avait bien fallu que je me ressaisisse le lendemain matin pour assumer mon rôle de mère. Les premiers jours de travail avaient été rudes. J'étais terrifiée à l'idée de le croiser dans les locaux. Dieu merci, cela ne s'était pas produit. Finalement, Cai et mon nouveau job m'avaient sauvée du marasme.

Maintenant, il fallait au moins préserver les apparences.

Je ne devais pas accorder à Alexi un pouvoir inconsidéré. Je ne voulais pas non plus compromettre ma carrière professionnelle à cause de sa goujaterie. Il n'était pas capable de faire confiance à une femme sur un plan personnel. Inconsciemment, je l'avais toujours su.

— Tu es sûre que je ne peux pas te reprendre à Galanti ? me demanda Renzo en m'offrant une coupe. Je n'ai toujours pas digéré le coup qu'il m'a fait.

Je bus une gorgée de champagne.

— Je crains que non, Renzo, mais essaye encore, cela me fait plaisir, le taquinai-je.

Nous étions accoudés à la balustrade en marbre de la terrasse du *Grande Palazzo*, où se tenait la soirée de gala.

Mon cœur battait à tout rompre.

Cai logeait avec Alexi dans une suite du palace. Je les avais aperçus tous les deux sur le circuit, mais n'avais pas eu le courage d'aller féliciter Alexi après la course. Depuis, je m'étais sermonnée. Je devais surmonter ma déception, chasser la tristesse qui menaçait de m'engloutir chaque fois que je pensais à lui.

C'était non seulement malsain, mais injuste pour notre fils. Cai avait suffisamment souffert de ma lâcheté par le passé.

Alors, arrête de le chercher comme une pauvre fille en mal d'amour. Oublie-le.

Je ramenai mon regard sur Renzo, avec le *Duomo di Milano* en arrière-plan, tout illuminé. Et je tâchai de me détendre pendant Renzo continuait à flirter avec moi.

Lorsque Alexi se montrerait, j'adopterais une attitude froide et professionnelle. Il ne saurait jamais qu'il m'avait brisé le cœur. De toute façon, j'étais guérie. J'avais assez de force en moi pour tirer un trait définitif.

Pendant que Renzo me parlait, je sentais pourtant remonter les relents d'une mélancolie qui ne m'avait jamais vraiment quittée depuis la mort de Remy.

Je bus une autre gorgée de champagne et tentai de réagir, comme je l'avais déjà fait tant de fois.

J'étais forte. J'étais une guerrière. Si la mort de Remy ne m'avait pas détruite, rien ne le pourrait. Même pas l'abandon d'Alexi.

Alexi

Je scrutai la foule en pénétrant dans le grand salon et m'efforçai de répondre aimablement aux félicitations de mes amis.

Lorsque j'aperçus enfin celle que j'avais cherchée toute la journée, je fus cloué sur place de désir… et de fureur.

La mère de mon enfant, la femme que j'étais venu reconquérir, riait et bavardait en compagnie de Camaro. Sa robe de satin vert, au décolleté plongeant, dénudait largement ses épaules et sa somptueuse chevelure rousse étincelait dans la lumière.

Interrompant abruptement ma conversation, je me dirigeai droit sur eux, sans la quitter des yeux.

Comment Camaro osait-il lui parler, flirter avec elle ? Quels secrets professionnels essayait-il de lui soutirer ? Les groupes s'écartèrent sur mon passage. Je devais avoir l'air furieux. Quand je la vis en train de lui sourire, je sentis un coup de poignard dans la poitrine.

Couchaient-ils ensemble ?

Je grinçai des dents rageusement en sortant sur la terrasse. Quelle sottise de l'avoir quittée ! J'étais vraiment idiot !

Renzo me vit le premier. Il haussa les sourcils et sourit largement, avec une mine réjouie, comme s'il ne doutait pas d'avoir la situation bien en main. Mon sang ne fit qu'un tour.

Des petits cheveux qui s'étaient échappés du chignon de Belle retombaient sur sa nuque. J'avais désespérément envie de l'embrasser juste à cet endroit. Je voulais la serrer dans mes bras, lui arracher des gémissements de plaisir. Elle était à moi.

— Belle, j'ai à te parler.

Elle se retourna brusquement et renversa du champagne sur ses doigts. Instantanément, le mélange de rage et de regret qui me consumait se mua en désir.

— Alexi, quelque chose ne va pas ? bredouilla-t-elle.

Une ombre voila son regard, mais elle se ressaisit aussitôt.

J'étais ridicule, de me laisser emporter par une jalousie maladive !

Et si je me trompais, en croyant qu'elle avait autant besoin de moi que moi d'elle ? Si finalement je ne comptais pas plus pour elle… que je n'avais compté pour ma mère ?

— Oui, Alexi, intervint Camaro avec un air supérieur. Tu as un problème ?

L'imbécile.

En d'autres circonstances, je n'aurais pas riposté. Mais, ce soir, mon humour et mon self-control me désertaient.

Il se tenait beaucoup trop près d'elle.

Je me mis à jurer violemment et je l'agrippai par les revers de sa veste.

— Va-t'en tout de suite et ne t'avise plus de la toucher !

Il se dégagea en riant avec ostentation.

— Si tu la voulais, il fallait user de tes prérogatives ! ironisa-t-il en italien.

Puis il s'adressa à Belle en anglais et s'inclina pour lui faire un baisemain.

— Je te laisse avec ton patron, Belle. Mais mon offre tient toujours. *Ciao.*

À ces mots, il tourna les talons.

— Viens, commandai-je d'une voix rauque.

Je me raccrochai de toutes mes forces à ma colère – contre Camaro, contre moi-même – pour réprimer ma peur et le funeste sentiment de déjà-vu qui l'accompagnait.

Belle se moquait éperdument de moi. Personne ne m'avait jamais aimé à part Remy. Je ne le méritais pas et je l'avais perdu. Je ne méritais pas davantage Belle.

Renzo avait raison. J'aurais dû la conquérir et la garder. Elle était la mère de mon enfant. Cela me donnait des droits.

Je l'emmenai vers le hall en la tirant par le poignet. Je la serrai trop fort, mais j'étais incapable de douceur.

J'avais surpris un éclair de désir dans ses yeux, au moment où elle m'avait vu. Cela n'avait duré qu'une seconde mais j'en étais sûr. Elle n'était donc pas tout à fait indifférente, et je saurais exploiter cette faiblesse. Je me servirais du sexe pour la récupérer.

Au bout de la terrasse, elle se dégagea.

— Alexi, arrête ! Où m'emmènes-tu ?

Impatient de la toucher, je posai une main sur son cou.

— Dans ma suite.

Elle frissonna, et une immense gratitude m'envahit. En même temps, j'étais au supplice.

Comment avais-je pu la quitter ? *Pourquoi ?* Rétrospectivement, cela me semblait absurde. Mes peurs d'antan me submergeaient, se confondant à celles du présent. Pourquoi n'avais-je pas compris que je ne pouvais pas vivre sans elle ? Cela n'avait rien à voir avec le fils qu'elle m'avait donné, ou la folie sensuelle que nous partagions.

La lueur s'éteignit dans ses yeux, remplacée par une méfiance douloureuse qui me blessa. Avait-elle peur de moi ? Cette pensée m'effraya.

Elle tremblait de tous ses membres. J'avais désespérément envie de l'apaiser, de lui promettre que je ferais tout pour la rassurer. Mais les mots restaient bloqués au fond de ma gorge. Et si je me trompais ? Si finalement ce n'était pas de la peur mais de l'indifférence ? Comme celle que ma mère m'avait témoignée quand je la suppliais de ne pas m'abandonner ?

Je l'agrippai par les épaules, avidement. Je devais rétablir le contact physique à n'importe quel prix. Rien de ce que je pourrais dire ne la convaincrait. Seules mes caresses réussiraient.

Je n'aurais pas besoin d'exprimer ce que je ressentais et je ne risquerais pas d'être rejeté…

Mais elle se libéra brutalement.

— Ne me touche pas, Alexi. Je te l'interdis, dit-elle d'une voix altérée, mais inflexible.

C'était plus que je ne pouvais supporter.

La rage qui m'avait saisi à la vue de Camaro fondit de nouveau sur moi.

— Mais tu permets tout à Camaro ? Notre lit est à peine froid que tu couches déjà avec lui ?

18.

Belle

Les paroles d'Alexi m'avaient si profondément blessée que je levai la main par réflexe, dans un mouvement de colère incontrôlable. Quand il rejeta instinctivement la tête en arrière pour éviter la gifle, par une habitude acquise dans son enfance, je baissai le bras.

Moi qui n'avais jamais frappé un être humain de ma vie, j'étais horrifiée de réagir par la violence. Mais il continua à me dévisager durement, et la colère me reprit de plus belle.

— Mufle ! m'exclamai-je. Comment oses-tu ? Tu as été mon premier et mon unique amant, Alexi.

Son expression changea complètement, passant de la rage à l'étonnement, puis l'incrédulité. Je souffrais atrocement.

Pourquoi avais-je gardé le secret sur ma virginité ? Pourquoi avais-je honte de mon innocence et mon manque d'expérience ? Brusquement, je me moquais de paraître vulnérable devant le seul homme que j'avais jamais désiré… et aimé.

J'avais commis une erreur impardonnable en lui cachant l'existence de Cai, mais ce n'était pas la seule. Je ne pouvais rien reprocher à Alexi tant que je ne lui disais pas toute la vérité. Je devais avoir le courage de lui avouer mes sentiments. Il me rejetterait alors en connaissance de cause, mais j'aurais tout tenté, sans rien laisser dans l'ombre. Il ne pourrait plus en faire une simple histoire de sexe alors qu'il s'agissait pour moi de tout autre chose.

— Je n'ai jamais couché avec un autre homme, déclarai-je, les dents serrées. Il n'y a eu que toi. Je n'ai jamais ressenti pour personne les sentiments que j'ai pour toi. Mais cela ne signifie pas pour autant que je t'appartiens. Plus maintenant.

J'avais ébranlé ses certitudes et j'étais bouleversée. Comme le mois dernier. Comme cinq ans plus tôt. Mais j'avais cessé de mépriser mes émotions et d'en avoir honte.

J'avais eu tort de dissimuler mes sentiments pour me protéger, par peur de souffrir. Car je privais en même temps Alexi de lucidité.

— Je viens de te dire que je t'aime, Alexi. Depuis toujours. N'as-tu rien à répondre ?

Un masque se figea sur ses traits, impénétrable. Derrière, il se croyait en sécurité. Je le savais parce que j'avais moi-même utilisé ce subterfuge.

— Comment peux-tu m'aimer ? s'écria-t-il enfin, aussi choqué qu'incrédule.

— C'est tout ce que tu trouves à dire ?

J'eus un rire triste et amer. Même si je ne m'attendais pas à une déclaration d'amour éternel, j'espérais autre chose… Une larme coula sur ma joue. Je l'essuyai du dos de la main.

— Nous n'avons vraiment plus rien à nous dire, murmurai-je.

Il ne me croyait pas et n'avait aucune confiance en moi. Tout espoir était perdu.

Je me détournai avec raideur pour ne pas chanceler sur mes jambes. Je commençai à m'éloigner quand j'entendis un cri étouffé.

— Attends ! Arrête…

Il me rattrapa par le bras, mais sans dureté cette fois.

— *Per favore, non andare. Per favore, non lasciarmi.*

Je ne parlais pas couramment italien, mais je compris.

« S'il te plaît, ne t'en va pas. S'il te plaît, ne m'abandonne pas. »

Je fus sidérée quand il tomba à genoux et pressa le front contre ma main dans une pose de supplication et de pénitence. Ce qui aurait pu sembler théâtral exprimait une sincérité nue, tellement puissante que je repris espoir.

Des soubresauts secouèrent ses épaules. Un moment, je crus même qu'il pleurait. Ce n'était plus l'adulte que j'avais devant moi, mais le petit garçon abandonné par une mère qui ne l'aimait pas suffisamment.

Je m'accroupis à côté de lui, sur les dalles de marbre, et pris son visage entre mes paumes. Ses yeux brillants me transpercèrent.

— Tout va bien, Alexi. Ne t'inquiète pas, je ne te quitterai pas si tu as besoin de moi.

Il poussa un soupir de soulagement et me pressa contre lui de toutes ses forces, m'écrasant presque.

— Oui, j'ai besoin de toi. Tellement..., chuchota-t-il en couvrant mes joues de baisers. Depuis si longtemps... Pardonne-moi si je n'ai jamais pu te l'avouer.

Tout l'amour que j'avais pour lui se reflétait à présent dans le bleu de ses yeux. Les battements de son cœur résonnaient jusque dans ma poitrine.

— J'avais si peur de t'aimer, reprit-il d'une voix brisée. J'avais peur de te perdre, comme j'avais déjà perdu ma mère, Remy... et toi, par ma faute. Pourras-tu jamais me pardonner ?

Je ne pleurais plus des larmes de tristesse, mais d'amour.

— Il n'y a rien à pardonner, murmurai-je.

Quand il essuya lui aussi une larme, son émotion me bouleversa. Il regrettait tout ce que nous avions souffert et perdu, mais désormais nous avions tout à gagner ensemble.

— Il y a *beaucoup* à pardonner, protesta-t-il. Mais j'ai l'intention de passer le reste de ma vie à me racheter.

Il se releva et me tendit la main.

— Tu veux bien ? demanda-t-il presque humblement, en scrutant mon expression.

Il avait cessé de se cacher et s'exposait totalement, le cœur à nu.

— Évidemment ! m'exclamai-je en me jetant à son cou.

Son rire chaleureux m'enveloppa de bonheur.

Épilogue

Trois mois plus tard

Alexi

Le soleil d'hiver me réchauffait le visage. J'étais devant la tombe de mon frère, la main de Belle glissée dans la mienne et Cai perché sur ma hanche. Jusque-là, je n'avais jamais trouvé le courage de revenir au cimetière. J'avais trop peur de réveiller la tristesse et la culpabilité qui m'avaient si longtemps tétanisé.

Le chagrin était toujours là, bien sûr. Je ne me consolerais jamais de la perte de Remy. Malgré tout, la joie comblait un peu le vide et l'adoucissait. Je pouvais dorénavant évoquer sans amertume les souvenirs de mon frère. J'avais le bonheur d'être le père de Cai et, depuis quelques heures, le mari de Belle.

Encore vêtue de la robe de velours blanc qu'elle portait pour la cérémonie, elle me serra tendrement la main, comme pour me rassurer par son amour et sa force de vie.

Comme Cai s'agitait sans comprendre ce qui se passait, je m'agenouillai à côté de lui pour lui montrer la tombe. Je voulais aussi présenter mon fils à son oncle, ainsi que j'aurais dû le faire depuis plusieurs mois.

— Remy, mon frère et ton oncle, est enterré ici parce

qu'il est mort. Nous sommes venus nous recueillir et lui dire bonjour parce que c'est un jour très spécial aujourd'hui. Ta maman est devenue une Galanti.

— Remy est mon second prénom, observa Cai pensivement.

— Je sais. Ta maman te l'a donné parce qu'elle aimait beaucoup Remy, comme moi.

— Où est-il ? demanda Cai

Belle réprima un sanglot, et je la rassurai d'un sourire.

— Au ciel, expliquai-je à notre fils. Mais je sais qu'il aurait aimé te connaître.

Cai m'enlaça par le cou.

— Est-ce qu'il aimait les voitures de course comme moi ?

Son petit corps se pressait contre moi avec tant de confiance et d'affection que ma gorge se noua.

— Oui, et il adorait les conduire, répondis-je.

— Il reviendra ?

Je secouai la tête. J'avais du mal à parler.

— Non… Mais il est là, dans mon cœur, dis-je en joignant le geste à la parole. Avec toi et ta maman, parce que je l'aimais beaucoup, comme je vous aime beaucoup tous les deux.

J'essuyai une larme, en même temps que Belle. Cai se retourna.

— Pourquoi pleures-tu, maman ? Tu es triste ?

Belle secoua la tête en nous adressant un sourire radieux. Tout mon être se dilata de bonheur. Je ressentais la même émotion que dans la petite chapelle, quand elle était apparue en robe blanche, avec Cai qui sautillait dans l'allée en lançant des pétales de fleurs.

— Je suis triste et heureuse à la fois, dit Belle. Triste parce que Remy n'est plus là. Heureuse parce que j'ai eu la chance de le connaître et qu'il vivra toujours dans mon souvenir. Il serait content de nous savoir ensemble…

Elle posa une main sur son ventre, dans un geste que j'avais remarqué plusieurs fois au cours de la dernière semaine.

— Et d'apprendre qu'un petit bébé Galanti naîtra dans huit mois, ajouta-t-elle.

— *Quoi... ?* m'écriai-je, fou de joie, tandis que Cai sautait partout avec excitation.

— Vous m'avez fait un petit frère à force de vous embrasser ! Exactement comme le papa et la maman d'Imran.

Belle

— Oui, Cai-baby, mais nous ne savons pas encore si ce sera un petit frère ou une petite sœur, dis-je à notre fils en riant devant la mine effarée d'Alexi.

Je n'avais pas l'intention d'annoncer la nouvelle ce jour-là. J'avais fait le test de grossesse le matin même et étais encore tout abasourdie.

Les préparatifs du mariage nous avaient accaparés depuis notre retour de Milan, où Alexi m'avait annoncé sa décision de m'épouser le plus vite possible. Nous avions dû négliger les précautions d'usage avant que ma contraception soit parfaitement sûre. Nous avions volé tant de moments de folle passion ! Sous la douche, sur la terrasse, au bord de la piscine la nuit… Que d'imprudences nous avions commises !

Nous ne voulions pas *tout de suite* un deuxième enfant, même si nous l'envisagions pour plus tard. Alexi s'acquittait si bien de son rôle de père ! Et nous étions tous les deux d'accord pour que Cai ne soit pas fils unique.

Mais, en écoutant Alexi parler de Remy, le moment m'avait semblé propice pour annoncer la nouvelle. Pourquoi aurais-je gardé mon secret ? J'avais épousé l'homme de mes rêves, et, pendant que je prononçais mes vœux de mariage, la voix de Remy avait résonné dans ma tête.

Il serait temps que tu tiennes ta promesse, bellissima.

— Si j'ai une sœur, est-ce qu'elle jouera aux voitures avec moi ? demanda Cai.

— Bien sûr, répondit Alexi en se redressant. Chez les Galanti, les filles se passionnent autant que les garçons pour la course automobile.

Encore sous le choc, il se pencha par-dessus notre fils pour m'embrasser, avec sa fougue coutumière. Puis il me souleva dans ses bras et me fit tournoyer joyeusement pour le plus grand bonheur de Cai. J'éclatai d'un rire léger et spontané, définitivement libérée des entraves du passé.

L'héritier d'un Italien, de Lynne Graham - N°4305

Beau, riche et impitoyable, Raffaele Manzini obtient toujours ce qu'il veut. Et aujourd'hui, c'est une femme qui représente son plus gros défi. S'il veut hériter de l'empire de son grand-père, il doit en effet convaincre Maya Campbell de l'épouser… et de lui donner un enfant ! D'abord choquée par la proposition du bel Italien, Maya accepte cette union de convenance, pour sauver sa famille de la ruine. Mais elle se fait alors la promesse de ne pas céder à l'attirance que son fiancé trop cynique exerce sur elle…

Mystérieuse princesse, de Kandy Shepherd - N°4306

La princesse Natalia en a plus qu'assez d'obéir aux injonctions royales. Certes, il lui faudra bientôt monter sur le trône, épouser un homme de son rang pour offrir un héritier au royaume de Montovia. Seulement, aujourd'hui, c'est incognito qu'elle assiste au mariage de ses amis, à Sydney. Et le mystérieux Finn, cet homme qu'elle ne peut s'empêcher de dévorer des yeux, ne doit pas découvrir son identité, sous aucun prétexte. Car, alors, leur rencontre bouleversante pourrait bien perdre de sa magie…

Un prince pour Bianca, de Jennifer Faye - N°4307

SÉRIE : *L'HÉRITAGE DES BARTOLINI* - 1/3

Wedding planner de talent, Bianca Bartolini croit son jour de chance arrivé quand on lui présente le très influent prince Leo de Patazonie, qui lui propose d'organiser ses noces, dans son pays. Persuadée d'avoir décroché le contrat du siècle, elle s'envole vers le petit paradis méditerranéen… Un paradis qui se transforme vite en enfer. Le somptueux mariage qu'elle est censée organiser est une mascarade que le prince a imaginée pour rassurer son peuple et accéder plus vite au trône. Pire encore, c'est elle que Leo a choisie comme épouse !

Promise à un magnat grec, de Maya Blake - N°4308

SÉRIE : *AUDACIEUX MILLIARDAIRES* - 1/2

Promise à un inconnu ! Sous le voile de tulle immaculé, je ressens une grande détresse. D'ici peu, je serai l'épouse d'Axios Xenakis, celui que mon père a choisi pour moi. Comme tout le monde en Grèce, je connais la réputation du magnat de l'aéronautique au succès fulgurant. J'admire sa beauté sur le papier glacé des magazines. Mais de l'homme, j'ignore tout. J'ignore quel mari il sera, alors que nos deux familles se vouent depuis longtemps une haine manifeste. J'ignore surtout si je saurai écouter la voie de la raison, en lui résistant à tout prix…

Cet amant inoubliable, de Dani Collins - N°4309

SÉRIE : *FRÈRES RIVAUX* - 1/2

Jamais Kiara ne regrettera la nuit délicieuse qu'elle a passée dans les bras de Valentino Casale. Certes, au petit matin, son amant s'est révélé aussi froid que leur étreinte a été brûlante. Mais une petite fille est née de cette union éphémère. Alors qu'elle a gardé son trésor secret durant trois ans, Valentino vient de découvrir l'existence de la petite et exige que Kiara l'épouse. Pour le bien de son enfant, elle n'a alors d'autre choix que d'accepter le retour de Valentino dans sa vie et dans son cœur…

L'épouse d'une vengeance, de Tara Pammi - N°4310

« Marions-nous, Alessandra. » Vincenzo est le premier surpris par la proposition qu'il fait à sa maîtresse. Au départ, poursuivre l'héritière Giovanni de ses assiduités faisait partie de son plan. Après avoir découvert le lien de parenté de la jeune femme avec son ennemi juré, il avait décidé de faire d'elle l'objet de sa vengeance. Mais l'épouser ? Lui, le célibataire endurci, n'est pas du genre à convoler ! Alors qu'Alessandra promet de l'aimer pour toujours, Vincenzo se demande si la situation n'est pas en train de lui échapper…

Une troublante invitée, de Bella Frances - N°4311

Pour qui se prend cette Tara Devine ? Michael enrage. Non contente de le traiter avec un mépris amusé, la jeune créatrice de mode évolue dans un milieu superficiel qu'il déteste. Et puis, surtout, elle a une mauvaise influence sur sa petite sœur. Or protéger Fernanda est capital pour Michael. Alors, pourquoi réagit-il aussi vivement face aux courbes plantureuses de Tara ? Il ne souhaiterait rien tant que d'oublier ce désir malvenu, hélas la jeune femme vient d'être conviée pour quelques jours dans la demeure familiale des Cruz, à Barcelone…